biblioteca borges

coordenação editorial
davi arrigucci jr.
heloisa jahn
jorge schwartz
maria emília bender

o fazedor (1960)
jorge luis borges

tradução josely vianna baptista

2ª reimpressão

COMPANHIA DAS LETRAS

Copyright © 1996, 2005 by María Kodama
Todos os direitos reservados

título original
el hacedor (1960)
capa e projeto gráfico
warrakloureiro
foto página 1
ferdinando scianna/magnum photos
preparação
márcia copola
revisão
isabel jorge cury
otacílio nunes

Dados Internacionais de Catalogação na Publicação (CIP)
(Câmara Brasileira do Livro, SP, Brasil)

Borges, Jorge Luis, 1899-1986.
O fazedor (1960) / Jorge Luis Borges; tradução Josely Vianna
Baptista. — 1ª ed. — São Paulo: Companhia das Letras,
2008.

Título original: El hacedor (1960)
ISBN 978-85-359-1203-6

1. Poesia/Ficção I. Título

08-01902   CDD-ar863

Índice para catálogo sistemático:
1. Poesia/Ficção: Literatura argentina ar863

[2021]
Todos os direitos desta edição reservados à
EDITORA SCHWARCZ S.A.
Rua Bandeira Paulista, 702, cj. 32
04532-002 — São Paulo — SP
Telefone: (11) 3707-3500
www.companhiadasletras.com.br
www.blogdacompanhia.com.br
facebook.com/companhiadasletras
instagram.com/companhiadasletras
twitter.com/cialetras

o fazedor 11
dreamtigers 14
diálogo sobre um diálogo 15
as unhas 16
os espelhos velados 17
argumentum ornithologicum 19
o cativo 20
o simulacro 22
delia elena san marco 24
diálogo de mortos 26
a trama 30
um problema 31
uma rosa amarela 33
a testemunha 35
martín fierro 37
mutações 39
parábola de cervantes e de quixote 40
paradiso, XXXI, 108 42
parábola do palácio 44
everything and nothing 47
ragnarök 50
inferno, I, 32 52
borges e eu 54
poema dos dons 57
o relógio de areia 61

xadrez 67
os espelhos 71
elvira de alvear 77
susana soca 81
a lua 83
a chuva 93
à efígie de um capitão dos exércitos de cromwell 95
a um velho poeta 97
o outro tigre 99
blind pew 103
alusão a uma sombra de mil oitocentos e noventa e tantos 105
alusão à morte do coronel francisco borges (1833-74) 107
in memoriam a.r. 109
os borges 115
a luís de camões 117
mil novecentos e vinte e tantos 119
ode composta em 1960 121
ariosto e os árabes 125
ao iniciar o estudo da gramática anglo-saxônica 135
lucas, 23 139
adrogué 143
arte poética 149

museu

do rigor na ciência 155
quadra 157
limites 159
o poeta declara seu renome 161
o inimigo generoso 163
le regret d'héraclite 165
in memoriam j.f.k. 166

epílogo 168

a leopoldo lugones

Os rumores da praça ficam para trás e entro na Biblioteca. De modo quase físico sinto a gravitação dos livros, o espaço sereno de uma ordem, o tempo dissecado e conservado magicamente. À esquerda e à direita, absortos em seu lúcido sonho, perfilam-se os rostos momentâneos dos leitores, à luz das lâmpadas estudiosas, como na hipálage de Milton. Lembro-me de já haver lembrado essa figura, naquele lugar, e depois daquele outro epíteto que também define pelo contorno, o árido camelo do Lunário, e depois daquele hexâmetro da Eneida, *que maneja e supera o mesmo artifício:*

Ibant obscuri sola sub nocte per umbram.[1]

Estas reflexões me deixam à porta de seu escritório. Entro; depois de trocarmos algumas convencionais e cordiais

---

1 "Iam obscuros sob a noite, pelas sombras." (N.T.)

palavras, entrego-lhe este livro. Se não me engano, você não me queria mal, Lugones, e teria gostado de gostar de algum trabalho meu. Isso nunca ocorreu, mas desta vez você vira as páginas e lê com aprovação um que outro verso, talvez por reconhecer nele sua própria voz, talvez porque a prática deficiente lhe importe menos que a sã teoria.

Neste ponto meu sonho se desfaz, como a água na água. A vasta biblioteca que me rodeia está na rua México, não na rua Rodríguez Peña, e você, Lugones, se matou no início do ano de 1938. Minha vaidade e minha nostalgia armaram uma cena impossível. Pode ser (digo para mim mesmo), mas amanhã eu também estarei morto e nossos tempos se confundirão e a cronologia se perderá num orbe de símbolos e de algum modo estará correto afirmar que eu lhe trouxe este livro e que você o aceitou.

J. L. B.
Buenos Aires, 9 de agosto de 1960

o fazedor

Nunca se havia demorado nos gozos da memória. As imprecisões deslizavam sobre ele, momentâneas e vívidas; o vermelhão de um oleiro, a abóbada repleta de estrelas que também eram deuses, a lua, da qual havia caído um leão, a lisura do mármore sob os lentos dedos sensíveis, o gosto da carne de javali, que gostava de dilacerar com dentadas brancas e bruscas, uma palavra fenícia, a sombra negra que uma lança projeta na areia amarela, a proximidade do mar ou das mulheres, o encorpado vinho cuja aspereza atenuava o mel podiam envolver por inteiro o espaço de sua alma. Conhecia o terror, mas também a cólera e a coragem, e certa vez foi quem primeiro escalou a muralha inimiga. Ávido, curioso, casual, tendo por única lei a fruição e a indiferença imediata, andou pela variada terra e contemplou, em uma e em outra margem do mar, as cidades dos homens e seus palácios. Nos mercados populosos ou no sopé da montanha de cume incerto, onde era bem possível haver sátiros, ouvira complicadas histórias, que recebeu como recebia a realidade, sem perguntar se eram verdadeiras ou falsas.

Gradualmente, o aprazível universo o foi abandonando; uma insistente névoa apagou as linhas de sua mão, a noite se despovoou de estrelas, a terra era insegura sob seus pés. Tudo se afastava e se confundia. Quando soube que estava ficando cego, gritou; o pudor estóico ainda não fora inventado e Heitor podia fugir sem menoscabo. "Não verei mais (sentiu) nem o céu cheio de pavor mitológico nem este rosto que os anos vão transformar." Dias e noites se passaram sobre esse desespero de sua carne, mas certa manhã ele acordou, olhou (já sem assombro) para as coisas indistintas que o cercavam e inexplicavelmente sentiu, como quem reconhece uma música ou uma voz, que tudo isso já lhe acontecera e que ele o enfrentara com temor, mas também com júbilo, esperança e curiosidade. Afundou então em sua memória, que lhe pareceu interminável, e conseguiu extrair daquela vertigem a lembrança perdida que reluziu feito a moeda sob a chuva, talvez porque nunca a tivesse olhado, a não ser, quem sabe, em um sonho.

A lembrança era assim. Outro rapaz o insultara e ele acorrera a seu pai para contar-lhe a história. Este deixou-o falar como se não estivesse ouvindo ou entendendo e despendurou da parede um punhal de bronze, belo e poderoso, que o menino cobiçara furtivamente. Agora estava com ele nas mãos e a surpresa da posse anulou o ultraje sofrido, mas a voz do pai estava dizendo: "Que alguém saiba que és um homem", e havia uma ordem na voz. A noite ofuscava os caminhos; abraçado ao punhal, em que pressentia uma força mágica, desceu a ladeira íngreme que rodeava a casa e correu pela beira do mar, sonhando-se Ajax e Perseu e povoando de ferimentos e batalhas a obscuridade salobra. O gosto exato daquele instante era o que ele buscava agora; o resto não importava: as afrontas do desafio, o torpe combate, o retorno com a lâmina sangrenta.

Outra lembrança, em que também existia uma noite e a iminência de aventura, brotou daquela. Uma mulher, a primeira que os deuses lhe depararam, o havia esperado na sombra de um hipogeu, e ele a procurou por galerias que eram como redes de pedra e por declives que afundavam na sombra. Por que lhe vinham essas lembranças e por que chegavam sem amargura, feito mera prefiguração do presente?

Com grave assombro compreendeu. Naquela noite de seus olhos mortais, na qual agora afundava, aguardavam-no também o amor e o risco. Ares e Afrodite, porque já adivinhava (porque já o cercava) um rumor de glória e de hexâmetros, um rumor de homens que defendem um templo que os deuses não salvarão e de baixéis negros que buscam no mar uma ilha querida, o rumor das Odisséias e Ilíadas que era seu destino cantar e deixar ressoando concavamente na memória humana. Sabemos estas coisas, mas não as que sentiu ao afundar até a última sombra.

dreamtigers

Na infância pratiquei com fervor a adoração do tigre: não o tigre oveiro dos camalotes do Paraná e da confusão amazônica, mas o tigre rajado, asiático, real, que só homens aguerridos podem enfrentar, sobre um castelo em cima de um elefante. Eu costumava demorar-me infindavelmente diante de uma das jaulas do zoológico; apreciava as vastas enciclopédias e os livros de história natural, pelo esplendor de seus tigres. (Ainda me lembro dessas figuras: eu, que não consigo recordar sem engano a fronte ou o sorriso de uma mulher.) A infância passou, caducaram os tigres e sua paixão, mas eles prosseguem em meus sonhos. Nessa tela submersa ou caótica continuam prevalecendo e deste modo: Adormecido, distrai-me um sonho qualquer, e de repente percebo que é um sonho. Costumo pensar, então: Isto é um sonho, pura diversão de minha vontade, e, já que tenho um poder ilimitado, vou produzir um tigre.

Oh, incompetência! Nunca meus sonhos sabem engendrar a almejada fera. O tigre aparece, sim, mas dissecado ou fraco, ou com impuras variações de forma, ou de um tamanho inadmissível, ou muito fugaz, ou tirante a cão ou a pássaro.

diálogo sobre um diálogo

A. — Distraídos em discorrer sobre a imortalidade, tínhamos deixado que anoitecesse sem acender a lâmpada. Não víamos nossos rostos. Com uma indiferença e uma serenidade mais convincentes que o fervor, a voz de Macedonio Fernández repetia que a alma é imortal. Assegurava-me que a morte do corpo é totalmente insignificante e que morrer deve ser o fato mais nulo que pode acontecer a um homem. Eu brincava com a navalha de Macedonio; abria-a e fechava-a. Um acordeom vizinho desfiava infinitamente "La cumparsita", essa cantilena consternada que agrada a muitas pessoas, porque lhes mentiram que é antiga... Sugeri a Macedonio que nos suicidássemos, para discutir sem estorvo.

Z (zombeteiro). — Mas desconfio que no fim não se animaram.

A (já em plena mística). — Francamente, não me lembro se naquela noite nos suicidamos.

as unhas

Dóceis meias os afagam de dia e sapatos de couro bem pregado os protegem, mas os dedos de meus pés não querem saber. Nada mais lhes interessa além de emitir unhas: lâminas córneas, semitransparentes e elásticas, para defender-se; de quem? Brutos e desconfiados como eles só, não deixam nem por um segundo de preparar esse tênue arsenal. Renegam o universo e o êxtase para continuar elaborando infindavelmente pontas inúteis, que aparam e tornam a aparar as bruscas tesouradas da Solingen. Em noventa dias crepusculares de resguardo pré-natal estabeleceram essa única indústria. Quando eu estiver recolhido no La Recoleta, em uma casa cinzenta guarnecida de flores secas e talismãs, continuarão seu obstinado trabalho, até que os modere a decomposição. Eles, e a barba em meu rosto.

os espelhos velados

O Islã afirma que no dia inapelável do Juízo, todo perpetrador da imagem de uma coisa viva ressuscitará com suas obras, e lhe será ordenado que as anime, e ele fracassará, e com elas será entregue ao fogo do castigo. Quando menino, conheci esse horror a uma duplicação ou multiplicação espectral da realidade, mas diante dos grandes espelhos. Seu infalível e contínuo funcionamento, sua perseguição de meus atos, sua pantomima cósmica eram então sobrenaturais, desde que anoitecia. Um de meus reiterados/insistentes rogos a Deus e a meu anjo da guarda era o de não sonhar com espelhos. Sei que os vigiava com inquietude. Algumas vezes temi que começassem a divergir da realidade; outras, que neles visse meu rosto desfigurado por adversidades estranhas. Soube que esse temor está, outra vez, prodigiosamente no mundo. A história é muito simples. E desagradável.

Em 1927, conheci uma jovem sombria: primeiro por telefone (porque Julia começou sendo uma voz sem nome e sem rosto); depois, numa esquina ao entardecer. Tinha os olhos assustadoramente grandes, os cabelos negros e escorridos, o corpo estrito. Era neta e bisneta de federalistas, como eu de unitários, e essa antiga discórdia de nossos sangues era para nós um vínculo, uma melhor posse da pátria. Vivia com os seus num desmantelado casarão de teto altíssimo, no ressentimento e na insipidez da decência pobre. À tarde — raras vezes à noite — saíamos para caminhar por seu bairro, que era o de Balvanera. Andávamos ao longo do paredão da estrada de ferro; pela Sarmiento, certa vez fomos até as clareiras do parque Centenário. Entre nós não houve amor nem ficção de amor: eu adivinhava nela uma intensidade que era totalmente estranha à erótica, e a temia. É comum contar às mulheres, para estabelecer intimidade, traços verdadeiros ou apócrifos do passado pueril; devo ter-lhe falado dos espelhos e sugeri, assim, em 1928, uma alucinação que floresceria em 1931. Agora, acabo de saber que ela enlouqueceu e que em seu quarto os espelhos estão velados, porque neles vê meu reflexo, usurpando o seu, e treme e se cala e diz que eu a persigo magicamente.

Infausta servidão a de minha face, a de uma de minhas antigas faces. Esse odioso destino de minhas feições tem de me tornar odioso também, mas já não me importa.

argumentum ornithologicum

Fecho os olhos e vejo um bando de pássaros. A visão dura um segundo, talvez menos; não sei quantos pássaros vi. Era definido ou indefinido seu número? O problema envolve o da existência de Deus. Se Deus existe, o número é definido, porque Deus sabe quantos pássaros vi. Se Deus não existe, o número é indefinido, porque ninguém conseguiu fazer a conta. Nesse caso, vi menos de dez pássaros (digamos) e mais de um, mas não vi nove, oito, sete, seis, cinco, quatro, três ou dois pássaros. Vi um número entre dez e um, que não é nove, oito, sete, seis, cinco et cetera. Esse número inteiro é inconcebível; *ergo*, Deus existe.

o cativo

Em Junín ou em Tapalquén relatam a história. Um menino desapareceu depois de um ataque indígena; disseram que os índios o haviam roubado. Seus pais o procuraram inutilmente; anos depois, um soldado que vinha do interior falou-lhes de um índio de olhos azuis que bem poderia ser seu filho. Por fim, deram com ele (a crônica perdeu as circunstâncias e não quero inventar o que não sei) e pensaram reconhecê-lo. O homem, trabalhado pelo deserto e pela vida bárbara, já não sabia ouvir as palavras da língua natal, mas deixou-se levar, indiferente e dócil, até a casa. Ali ele estacou, talvez porque os outros tivessem estacado. Olhou para a porta, como se não a entendesse. De repente, abaixou a cabeça, gritou, atravessou correndo o vestíbulo e os dois longos pátios e entrou pela cozinha adentro. Sem vacilar, enfiou o braço na enegrecida chaminé e apanhou a faquinha com cabo de chifre que escondera ali quando menino. Seus olhos brilharam de alegria e os pais choraram porque tinham encontrado o filho.

Talvez a essa lembrança tenham se seguido outras, mas o índio não podia viver entre paredes e um dia foi em busca de seu deserto. Gostaria de saber o que sentiu naquele instante de vertigem em que o passado e o presente se confundiram; gostaria de saber se o filho perdido renasceu e morreu naquele êxtase ou se conseguiu reconhecer, ao menos como uma criança ou um cão, os pais e a casa.

o simulacro

Num dos dias de julho de 1952, o enlutado apareceu naquele lugarejo do Chaco. Era alto, magro, com feições de índio e rosto inexpressivo de tonto ou de máscara; as pessoas o tratavam com deferência, não por ele, mas pelo que representava ou era agora. Escolheu um rancho perto do rio; com a ajuda de algumas vizinhas armou uma tábua sobre dois cavaletes e sobre ela uma caixa de papelão com uma boneca de cabelos loiros. Além disso, acenderam quatro velas em altos castiçais e puseram flores ao redor. As pessoas não tardaram a chegar. Velhas desesperadas, meninos atônitos, peões que tiravam com respeito o chapéu de palha desfilavam diante da caixa e repetiam: "Meus sentidos pêsames, general". Este, muito pesaroso, recebia-os junto à cabeceira, as mãos cruzadas sobre o ventre, feito mulher grávida. Esticava a direita para apertar a mão que lhe estendiam e respondia com inteireza e resignação: "Era o destino. Tudo que era humanamente possível foi feito". Um mealheiro de lata recebia a cota de dois pesos e muitos não se contentaram com uma só visita.

Que espécie de homem (pergunto-me) planejou e executou essa fúnebre farsa? Um fanático, um triste, um alucinado ou um impostor e um cínico? Pensaria ser Perón ao representar seu lastimoso papel de viúvo macabro? A história é incrível, mas aconteceu, e não uma única vez, quem sabe, e sim muitas, com diversos atores e diferenças locais. Nela está a síntese perfeita de uma época irreal, e é como o reflexo de um sonho ou como aquele drama no drama que se vê em Hamlet. O enlutado não era Perón e a boneca loira não era a mulher Eva Duarte, mas Perón tampouco era Perón e Eva não era Eva, mas desconhecidos ou anônimos (cujo nome secreto e cujo rosto verdadeiro ignoramos) que representaram, para o crédulo amor dos arrabaldes, uma crassa mitologia.

delia elena san marco

Despedimo-nos numa das esquinas do Once.
Da outra calçada tornei a olhar; você se virara e me acenou com a mão.
Um rio de veículos e de gente corria entre nós; eram cinco horas de uma tarde qualquer; como eu podia saber que aquele rio era o triste Aqueronte, o intransponível?
Não nos vimos mais e um ano depois você estava morta.
E agora procuro essa memória e a observo e penso que era falsa e que por trás da despedida trivial estava a infinita separação.
Ontem à noite não saí depois do jantar e reli, para compreender essas coisas, o último ensinamento que Platão põe na boca de seu mestre. Li que a alma pode fugir quando a carne morre.
E agora não sei se a verdade está na infausta interpretação ulterior ou na despedida inocente.
Porque, se as almas não morrem, é bom que em suas despedidas não haja ênfase.
Dizer adeus é negar a separação, ou seja: "Hoje brincamos de nos separar, mas nos veremos amanhã". Os homens inventaram o adeus porque se sabem de algum

modo imortais, embora se julguem contingentes e efêmeros.

Delia: algum dia reataremos — à margem de que rio? — esse diálogo incerto e nos perguntaremos se alguma vez, numa cidade que se perdia numa planície, fomos Borges e Delia.

diálogo de mortos

O homem chegou do sul da Inglaterra num amanhecer do inverno de 1877. Corado, atlético e obeso, foi inevitável que quase todos o acreditassem inglês, e a verdade é que se parecia notavelmente com o arquetípico John Bull. Usava chapéu de copa e uma curiosa manta de lã com uma abertura no meio. Um grupo de homens, mulheres e crianças o esperava com ansiedade; em muitos uma linha vermelha riscava a garganta, outros não tinham cabeça e andavam com receio, vacilantes, como quem caminha nas sombras. Foram cercando o forasteiro e, lá do fundo, alguém gritou um palavrão, mas um terror antigo os detinha e não se atreveram a mais nada. Adiantou-se a todos um militar de pele citrina e olhos que pareciam tições; a cabeleira revolta e a barba soturna davam a impressão de comer-lhe o rosto. Dez ou doze ferimentos mortais sulcavam seu corpo como as listras na pele dos tigres. O forasteiro, ao vê-lo, alterou-se, mas logo avançou e estendeu-lhe a mão.

— Que aflição ver um guerreiro tão notável derrubado pelas armas da perfídia! — disse em tom decidido.

— Mas também que íntima satisfação ter ordenado que

os vitimários purgassem seus feitos no patíbulo, na praça de la Victoria!

— Se está falando de Santos Pérez e dos Reinafé, saiba que já lhes agradeci — disse com lenta gravidade o ensangüentado.

O outro fitou-o como se receasse uma zombaria ou uma ameaça, mas Quiroga prosseguiu:

— Rosas, o senhor nunca me entendeu. E como ia me entender, se foram tão diversos nossos destinos? Ao senhor coube mandar numa cidade que olha para a Europa e que será das mais famosas do mundo; a mim, guerrear pelos ermos da América, numa terra pobre, de gaúchos pobres. Meu império foi de lanças e de gritos e de areais e de vitórias quase secretas em lugares perdidos. Que títulos são esses para a lembrança? Eu vivo e seguirei vivendo por muitos anos na memória das pessoas porque morri assassinado numa carroça, no lugar chamado Barranca Yaco, por homens com cavalos e espadas. Devo ao senhor essa dádiva de uma morte bizarra, que não soube apreciar naquela hora, mas que as gerações seguintes não quiseram esquecer. O senhor deve ter conhecimento de certas litografias muito primorosas e a obra interessante que redigiu um valoroso *sanjuanino*.

Rosas, que retomara o prumo, olhou-o com desdém.

— O senhor é um romântico — sentenciou. — O favor da posteridade não vale muito mais que o contemporâneo, que não vale nada e que se consegue com algumas divisas.

— Conheço seu modo de pensar — respondeu Quiroga. — Em 1852, o destino, que é generoso ou queria sondá-lo até o fundo, ofereceu-lhe uma morte de homem, numa batalha. O senhor mostrou-se indigno desse presente, porque o combate e o sangue lhe deram medo.

— Medo? — repetiu Rosas. — Eu, que domei potros no Sul e depois todo um país?

Pela primeira vez, Quiroga sorriu.

— Eu sei — disse com lentidão — que o senhor executou mais de uma maravilha a cavalo, segundo o testemunho imparcial de seus capatazes e peões; mas naquela época, na América e também a cavalo, executaram-se outras maravilhas que se chamam Chacabuco e Junín e Palma Redonda e Caseros.

Rosas ouviu-o sem se alterar e replicou deste modo:

— Não precisei ser valente. Uma de minhas maravilhas, como o senhor diz, foi conseguir que homens mais valentes que eu lutassem e morressem por mim. Santos Pérez, por exemplo, que acabou com o senhor. A coragem é uma questão de resistência; uns agüentam mais, outros menos, mas cedo ou tarde todos fraquejam.

— Pode ser — disse Quiroga —, mas eu vivi e morri e até hoje não sei o que é o medo. E agora quero que me apaguem, que me dêem outro rosto e outro destino, porque a história se cansa dos violentos. Não sei quem será o outro, o que farão comigo, mas sei que não terá medo.

— Estou satisfeito com o que sou — disse Rosas — e não quero ser outro.

— Também as pedras querem ser pedras para sempre — disse Quiroga — e durante séculos o são, até que se desfazem em pó. Eu pensava como o senhor quando entrei na morte, mas aqui aprendi muitas coisas. Observe, já estamos mudando, os dois.

Mas Rosas não lhe deu atenção e disse, como se pensasse em voz alta:

— Vai ver não estou afeito a estar morto, mas estes lugares e esta discussão me parecem um sonho, e não um sonho sonhado por mim, e sim por outro, que ainda está por nascer.

Pararam de falar porque, nesse instante, Alguém os chamou.

a trama

Para que seu horror seja perfeito, César, acossado ao pé de uma estátua pelos impacientes punhais de seus amigos, descobre entre os rostos e os aços o de Marco Júnio Bruto, seu protegido, talvez seu filho, e já não se defende, exclamando: "Até tu, meu filho!". Shakespeare e Quevedo recolhem o patético grito.

Ao destino agradam as repetições, as variantes, as simetrias; dezenove séculos depois, no sul da província de Buenos Aires, um gaúcho é agredido por outros gaúchos e, ao cair, reconhece um afilhado seu e lhe diz com mansa reprovação e lenta surpresa (estas palavras devem ser ouvidas, não lidas): *"Pero, che!"*. Matam-no e ele não sabe que morre para que se repita uma cena.

um problema

Imaginemos que em Toledo é descoberto um papel com um texto arábico e que os paleógrafos o declarem de punho e letra daquele Cide Hamete Benengeli de quem Cervantes derivou o Dom Quixote. No texto lemos que o herói (que, como se sabe, percorria os caminhos da Espanha, armado de espada e lança, e desafiava qualquer um por qualquer motivo) descobre, no final de um de seus muitos combates, que deu morte a um homem. Nesse ponto cessa o fragmento; o problema é adivinhar, ou conjecturar, como reage Dom Quixote.

Que eu saiba, há três respostas possíveis. A primeira é de índole negativa; nada especial acontece, porque no mundo alucinatório de Dom Quixote a morte não é menos comum que a magia e ter matado um homem não tem por que abalar quem se bate, ou acredita bater-se, com endríagos e encantadores. A segunda é patética. Dom Quixote jamais conseguiu esquecer que era uma projeção de Alonso Quijano, leitor de histórias fabulosas; ver a morte, compreender que um sonho o levou à culpa de Caim, desperta-o de sua consentida loucura talvez para sempre. A terceira talvez seja a mais verossímil.

Morto aquele homem, Dom Quixote não pode admitir que o ato tremendo é obra de um delírio; a realidade do efeito o faz pressupor uma igual realidade da causa e Dom Quixote não sairá nunca de sua loucura.

Resta outra conjectura, que é alheia ao orbe espanhol e mesmo ao orbe do Ocidente e requer um âmbito mais antigo, mais complexo e mais fatigado. Dom Quixote — que já não é Dom Quixote, mas um rei dos ciclos do Hindustão — intui diante do cadáver do inimigo que matar e gerar são atos divinos ou mágicos que notoriamente transcendem a condição humana. Sabe que o morto é ilusório, como também o são a espada sangrenta que lhe pesa na mão e ele mesmo e toda a sua vida pretérita e os vastos deuses e o universo.

uma rosa amarela

Nem naquela tarde nem na outra morreu o ilustre Giambattista Marino, que as bocas unânimes da Fama (para usar uma imagem que lhe foi cara) proclamaram o novo Homero e o novo Dante, mas o fato imóvel e silencioso que então ocorreu foi na verdade o último de sua vida. Coberto de anos e de glória, o homem falecia em um vasto leito espanhol de colunas lavradas. Não custa nada imaginar a poucos passos uma serena sacada que olha para o poente e, mais abaixo, mármores e louros e um jardim que duplica suas gradarias numa água retangular. Uma mulher colocou num copo uma rosa amarela; o homem murmura os versos inevitáveis que a ele mesmo, para falar com sinceridade, aborrecem um pouco:

Púrpura do jardim, pompa do prado,
botão de primavera, olho de abril...

Então deu-se a revelação. Marino *viu* a rosa, como Adão pôde vê-la no Paraíso, e sentiu que ela estava em sua eternidade e não em suas palavras e que podemos mencionar ou aludir mas não expressar e que os altos e soberbos tomos que formavam num ângulo da sala uma penumbra de ouro não eram (como sua vaidade sonhou) um espelho do mundo, mas uma coisa a mais acrescentada ao mundo.

Marino chegou a essa iluminação na véspera de sua morte, e talvez Homero e Dante também tenham chegado a ela.

a testemunha

Num estábulo situado quase à sombra da nova igreja de pedra, um homem de olhos cinzentos e barba cinzenta, estendido em meio ao cheiro dos animais, humildemente procura a morte como quem procura o sonho. O dia, fiel a vastas leis secretas, vai deslocando e confundindo as sombras no pobre recinto; lá fora estão as terras aradas e um fosso atulhado de folhas mortas e algum rastro de lobo no barro negro onde começam os bosques. O homem dorme e sonha, esquecido. O toque de oração o desperta. Nos reinos da Inglaterra o som de sinos já é um dos hábitos da tarde, mas o homem, quando criança, viu a face de Woden, o horror divino e a exultação, o tosco ídolo de madeira carregado de moedas romanas e de vestimentas pesadas, o sacrifício de cavalos, cães e prisioneiros. Antes do alvorecer morrerá e com ele morrerão, para nunca mais voltar, as últimas imagens imediatas dos ritos pagãos; o mundo será um pouco mais pobre quando esse saxão estiver morto.

Fatos que povoam o espaço e que chegam ao fim quando alguém morre podem maravilhar-nos, mas uma coisa, ou um número infinito de coisas, morre em cada agonia, a não ser que exista uma memória do universo, como conjecturaram os teósofos. No tempo houve um dia que apagou os últimos olhos que viram Cristo; a batalha de Junín e o amor de Helena morreram com a morte de um homem. O que morrerá comigo quando eu morrer, que forma patética ou perecível o mundo perderá? A voz de Macedonio Fernández, a imagem de um cavalo colorado no baldio de Serrano e de Charcas, uma barra de enxofre na gaveta de uma escrivaninha de mogno?

martín fierro

Desta cidade saíram exércitos que pareciam grandes e que depois o foram pela magnificação da glória. Anos depois, um dos soldados voltou e, com sotaque forasteiro, contou histórias que lhe haviam sucedido em lugares chamados Ituzaingó ou Ayacucho. Essas coisas, agora, são como se não tivessem sido.

Houve aqui duas tiranias. Durante a primeira, alguns homens, da boléia de uma carroça que saía do mercado do Prata, apregoaram pêssegos brancos e amarelos; um menino levantou uma ponta da lona que os cobria e viu cabeças unitárias com a barba ensangüentada. A segunda foi para muitos cárcere e morte; para todos um mal-estar, um gosto de opróbrio nos atos de cada dia, uma humilhação incessante. Essas coisas, agora, são como se não tivessem sido.

Um homem que sabia todas as palavras olhou com minucioso amor as plantas e os pássaros desta terra e os definiu, talvez para sempre, e escreveu com metáforas de metais a vasta crônica dos tumultuosos poentes e das formas da lua. Essas coisas, agora, são como se não tivessem sido.

Também aqui as gerações conheceram essas vicissitudes comuns e de certo modo eternas que são a matéria da arte. Essas coisas, agora, são como se não tivessem sido, mas num quarto de hotel, pelos anos de mil oitocentos e sessenta e tantos, um homem sonhou uma peleja. Um gaúcho levanta um negro com a faca, arremessa-o como se fosse um saco de ossos, vê-o agonizar e morrer, agacha-se para limpar o aço, desamarra seu cavalo e monta devagar, para que não pensem que está fugindo. O que aconteceu uma vez volta a acontecer, infinitamente; os visíveis exércitos se foram e resta um pobre duelo de facas; o sonho de um é parte da memória de todos.

mutações

Num corredor vi uma flecha que indicava uma direção e pensei que aquele símbolo inofensivo tinha sido algum dia uma coisa de ferro, um projétil inevitável e mortal, que entrou na carne dos homens e dos leões e nublou o sol nas Termópilas e deu a Harald Sigurdarson, para sempre, sete palmos de terra inglesa.

Dias depois, alguém me mostrou uma fotografia de um ginete magiar; um laço enrodilhado rodeava o peito de sua cavalgadura. Soube que o laço, que antes andou pelo ar e prendeu os touros do pasto, não passava de um luxo insolente do arreio domingueiro.

No cemitério do Oeste vi uma cruz rúnica, lavrada em mármore vermelho; os braços eram curvos e se estendiam e os rodeava um círculo. Essa cruz restrita e limitada figurava a outra, de braços livres, que por sua vez figura o patíbulo em que um deus padeceu, a "máquina vil" insultada por Luciano de Samósata.

Cruz, laço e flecha, velhos utensílios do homem, hoje rebaixados ou elevados a símbolos; não sei por que me maravilham, quando não há na Terra uma só coisa que o esquecimento não apague ou que a memória não altere e quando ninguém sabe em que imagens o traduzirá o futuro.

parábola de cervantes e de quixote

Cansado de sua terra de Espanha, um velho soldado do rei procurou consolo nas vastas geografias de Ariosto, naquele vale da lua onde fica o tempo que os sonhos desperdiçam e no ídolo de ouro de Maomé que Montalbán roubou.

Em mansa zombaria de si mesmo, idealizou um homem crédulo que, perturbado pela leitura de maravilhas, deu de buscar proezas e encantamentos em lugares prosaicos que se chamavam El Toboso ou Montiel.

Vencido pela realidade, pela Espanha, Dom Quixote morreu em sua aldeia natal por volta de 1614. Pouco tempo sobreviveu a ele Miguel de Cervantes.

Para os dois, para o sonhador e o sonhado, toda essa trama foi a oposição de dois mundos: o mundo irreal dos livros de cavalaria, o mundo cotidiano e comum do século XVII.

Não imaginaram que os anos acabariam por limar a discórdia, não imaginaram que La Mancha e Montiel e a magra figura do cavaleiro seriam, para o futuro, não menos poéticas que as jornadas de Simbad ou as vastas geografias de Ariosto.

Porque no princípio da literatura está o mito, e também no fim.

Clínica Devoto, janeiro de 1955

paradiso, XXXI, 108

Diodoro Sículo narra a história de um deus dilacerado e disperso. Quem, ao andar pelo crepúsculo ou ao descrever uma época de seu passado, não sentiu em algum momento que uma coisa infinita se perdera?

Os homens perderam um rosto, um rosto irrecuperável, e todos queriam ser aquele peregrino (sonhado no empíreo, sob a Rosa) que em Roma vê o sudário de Verônica e murmura com fé: Jesus Cristo, meu Deus, Deus verdadeiro, era assim, então, o teu rosto?

Um rosto de pedra há em um caminho e uma inscrição que diz "O verdadeiro Retrato do Santo Rosto do Deus de Jaén"; se realmente soubéssemos como foi, seria nossa a chave das parábolas e saberíamos se o filho do carpinteiro foi também o Filho de Deus.

Paulo o viu como uma luz que o prostrou; João, como o sol quando resplandece em sua força; Teresa de Jesus, muitas vezes, banhado em luz tranqüila, e nunca pôde definir a cor de seus olhos.

Perdemos esses traços, como pode perder-se um número mágico, feito de cifras habituais; como se perde para sempre uma imagem no caleidoscópio. Podemos vê-los e ignorá-los. O perfil de um judeu no subterrâneo talvez seja o de Cristo; as mãos que nos dão umas moedas num postigo talvez repitam as que alguns soldados, certo dia, cravaram na cruz.

Talvez um traço do rosto crucificado espreite em cada espelho; talvez o rosto tenha morrido, se apagado, para que Deus seja todos.

Quem sabe não o veremos esta noite nos labirintos do sonho, sem saber disso amanhã.

parábola do palácio

Naquele dia, o Imperador Amarelo mostrou seu palácio ao poeta. Foram deixando para trás, em longo desfile, os primeiros terraços ocidentais que, como degraus de um quase inabarcável anfiteatro, declinam rumo a um paraíso ou jardim cujos espelhos de metal e cujas intrincadas cercas de zimbro já prefiguravam o labirinto. Alegremente perderam-se nele, de início como se condescendessem com um jogo e depois não sem inquietude, porque suas avenidas retas sofriam uma curvatura muito suave mas contínua e secretamente eram círculos. Por volta da meia-noite, a observação dos planetas e o oportuno sacrifício de uma tartaruga permitiram que se desligassem daquela região que parecia enfeitiçada, mas não do sentimento de estar perdidos, que os acompanhou até o fim. Antecâmaras e pátios e bibliotecas percorreram depois, e uma sala hexagonal com uma clepsidra, e certa manhã divisaram, de uma torre, um homem de pedra, que logo perderam para sempre. Muitos resplandecentes rios atravessaram em canoas de sândalo, ou um único rio muitas vezes. Passava o séquito imperial e as pessoas se prostravam, mas um dia arribaram a uma ilha em que alguém não fez isso, por nunca ter visto o Filho do Céu, e o carrasco teve de decapitá-lo. Negras cabeleiras e negras danças e complicadas máscaras de ouro viram, indiferentes, seus olhos; o real se confundia com o sonhado, ou, melhor dizendo, o real era uma das configurações do sonho. Parecia impossível que a terra não fosse apenas jardins, águas, arquiteturas e formas de esplendor. A cada cem passos uma torre cortava o ar; para os olhos a cor era idêntica, mas a primeira de todas era amarela e a última escarlate, tão delicadas eram as gradações e tão longa a série.

Ao pé da penúltima torre foi que o poeta (que parecia alheio aos espetáculos que maravilhavam a todos) recitou a breve composição que hoje indissoluvelmente ligamos a seu nome e que, como repetem os historiadores mais elegantes, deparou-lhe a imortalidade e a morte. O texto se perdeu; há quem entenda que constava de um verso; outros, de uma única palavra. O certo, o inacreditável, é que no poema estava inteiro e minucioso o palácio enorme, com cada ilustre porcelana e cada desenho em cada porcelana e as penumbras e as luzes dos crepúsculos e cada instante desventuroso ou feliz das gloriosas dinastias de mortais, de deuses e de dragões que nele viveram desde o interminável passado. Todos se calaram, mas o Imperador exclamou: "Arrebataste-me o palácio!", e a espada de ferro do carrasco segou a vida do poeta.

Outros narram a história de outro modo. No mundo não pode haver duas coisas iguais; bastou (dizem-nos) que o poeta pronunciasse o poema para que o palácio desaparecesse, como que abolido ou fulminado pela última sílaba. Tais lendas, é claro, não passam de ficções literárias. O poeta era escravo do imperador e morreu como tal; sua composição caiu no esquecimento porque merecia o esquecimento, e seus descendentes ainda procuram, e não vão encontrar, a palavra do universo.

everything and nothing

Ninguém existiu nele; por trás de seu rosto (que mesmo nas pinturas ruins da época não se assemelha a nenhum outro) e de suas palavras, que eram copiosas, fantásticas e agitadas, não havia senão um pouco de frio, um sonho não sonhado por ninguém. No início pensou que todas as pessoas fossem como ele, mas a estranheza de um companheiro com o qual começara a comentar essa vacuidade lhe revelou seu erro e fez com que sentisse, para sempre, que um indivíduo não deve diferir da espécie. Certa vez pensou que nos livros encontraria remédio para seu mal e então aprendeu o pouco latim e menos grego de que falaria um contemporâneo; depois considerou que no exercício de um rito elementar da humanidade bem poderia estar o que procurava, e deixou-se iniciar por Arme Hathaway, durante uma longa sesta de junho. Aos vinte e tantos anos foi a Londres. Instintivamente, adestrara-se no hábito de simular que era alguém, para que não se descobrisse sua condição de ninguém; em Londres encontrou a profissão para a qual estava predestinado, a de ator, que num palco brinca de ser outro, diante da afluência de pessoas que brincam de tomá-lo por aquele outro.

As tarefas histriônicas lhe ensinaram uma felicidade singular, talvez a primeira que conheceu; mas, aclamado o último verso e retirado da cena o último morto, o detestável sabor da irrealidade recaía sobre ele. Deixava de ser Ferrex ou Tamerlão e voltava a ser ninguém. Acuado, deu de imaginar outros heróis e outras fábulas trágicas. Assim, enquanto o corpo cumpria seu destino de corpo, em bordéis e tabernas de Londres, a alma que o habitava era César, que ignora o aviso do áugure, e Julieta, que se aborrece com a cotovia, e Macbeth, que conversa na planície com as bruxas que também são as parcas. Ninguém foi tantos homens quanto aquele homem, que à semelhança do egípcio Proteu pôde esgotar todas as aparências do ser. Às vezes, deixou em algum canto da obra uma confissão, certo de que não a decifrariam; Ricardo afirma que em sua única pessoa faz o papel de muitos, e Iago diz com curiosas palavras: "não sou o que sou". A identidade fundamental do existir, sonhar e representar inspirou-lhe passagens famosas.

Durante vinte anos persistiu nessa alucinação dirigida, mas certa manhã o assaltaram o tédio e o horror de ser tantos reis que morrem pela espada e tantos amantes infelizes que convergem, divergem e melodiosamente agonizam. Naquele mesmo dia resolveu a venda de seu teatro. Menos de uma semana depois havia regressado à cidade natal, onde recuperou as árvores e o rio da infância e não os vinculou àqueles outros celebrados por sua musa, ilustres de alusão mitológica e de vozes latinas. Tinha de ser alguém; foi um empresário aposentado que fez fortuna e a quem interessam os empréstimos, os litígios e a pequena usura. Nesse personagem ditou o árido testamento que conhecemos, do qual deliberadamente excluiu todo traço patético ou literário. Amigos de Londres costumavam visitar seu retiro, e para eles retomava o papel de poeta.

A história acrescenta que, antes ou depois de morrer, soube-se diante de Deus e lhe disse: "Eu, que tantos homens fui em vão, quero ser um e eu". A voz de Deus lhe respondeu, num torvelinho: "Eu tampouco o sou; sonhei o mundo como sonhaste tua obra, meu Shakespeare, e entre as formas de meu sonho estás tu, que como eu és muitos e ninguém".

ragnarök

Nos sonhos (escreve Coleridge) as imagens figuram as impressões que pensamos que causam; não sentimos horror porque uma esfinge nos oprime, sonhamos uma esfinge para explicar o horror que sentimos. Se isso é assim, como poderia uma mera crônica de suas formas transmitir o estupor, a exaltação, os alarmes, a ameaça e o júbilo que teceram o sonho desta noite? Ensaiarei esta crônica, no entanto; talvez o fato de que uma única cena tenha integrado aquele sonho apague ou atenue a dificuldade essencial.
    O lugar era a Faculdade de Filosofia e Letras; a hora, o entardecer. Tudo (como costuma ocorrer nos sonhos) era um pouco diferente; uma ligeira magnificação alterava as coisas. Elegíamos autoridades; eu falava com Pedro Henríquez Ureña, que na vigília morreu há muitos anos. Bruscamente atordoou-nos um clamor de manifestação ou de charanga. Gritos humanos e animais chegavam do Bajo. Uma voz clamou: "Estão vindo!". E depois "Os Deuses! Os Deuses!". Quatro ou cinco sujeitos saíram da turba e ocuparam o estrado da Aula Magna. Todos nós aplaudimos, chorando; eram os Deuses que voltavam após um desterro de séculos. Aumentados pelo estrado, a cabeça jogada para

trás e o peito para a frente, receberam com soberba nossa homenagem. Um deles segurava um galho, que se conformava, sem dúvida, à singela botânica dos sonhos; outro, com um gesto amplo, estendia a mão, que era uma garra; uma das faces de Jano olhava com receio o encurvado bico de Thot. Talvez excitado por nossos aplausos, outro, já não sei qual, prorrompeu num cacarejo vitorioso, incrivelmente acre, com algo de gargarejo e de assovio. As coisas, a partir daquele momento, mudaram.

Tudo começou com a suspeita (talvez exagerada) de que os Deuses não sabiam falar. Séculos de vida fugitiva e feral haviam atrofiado neles o humano; a lua do Islã e a cruz de Roma tinham sido implacáveis com aqueles prófugos. Testas muito baixas, dentaduras amarelas, bigodes ralos de mulato ou de chinês e beiços bestiais revelavam a degeneração da estirpe olímpica. Sua indumentária não correspondia a uma pobreza decorosa e decente, e sim ao luxo malévolo das casas de jogo e dos bordéis do Bajo. Numa lapela sangrava um cravo; num paletó ajustado adivinhava-se o volume de uma adaga. Bruscamente sentimos que jogavam sua última cartada, que eram matreiros, ignorantes e cruéis como velhos animais carnívoros e que, se nos deixássemos levar pelo medo ou pela pena, acabariam nos destruindo.

Sacamos os pesados revólveres (de repente houve revólveres no sonho) e alegremente demos morte aos Deuses.

inferno, I, 32

Do crepúsculo do dia ao crepúsculo da noite, um leopardo, nos anos finais do século XII, via umas tábuas de madeira, umas barras verticais de ferro, homens e mulheres cambiantes, um paredão e talvez uma canaleta de pedra com folhas secas. Não sabia, não podia saber, que ansiava por amor e crueldade e pelo ardente prazer de dilacerar e pelo vento com cheiro de veado, mas algo nele se sufocava e se rebelava e Deus lhe falou num sonho: "Vives e morrerás nessa prisão, para que um homem que conheço te olhe um número determinado de vezes e não te esqueça e ponha tua figura e teu símbolo num poema, que tem seu preciso lugar na trama do universo. Sofres o cativeiro, mas terás dado uma palavra ao poema". Deus, no sonho, iluminou a rudeza do animal e este compreendeu as razões e aceitou esse destino, mas só houve nele, ao despertar, uma obscura resignação, uma valorosa ignorância, porque a máquina do mundo é complexa demais para a simplicidade de uma fera.

    Anos depois, Dante morria em Ravena, tão injustiçado e tão só quanto qualquer outro homem. Num sonho, Deus lhe declarou o secreto propósito de sua vida e de seu lavor; Dante, maravilhado, soube por fim quem era e o que era e abençoou suas amarguras. A tradição relata que, ao despertar, sentiu que tinha recebido e perdido uma coisa infinita, algo que não poderia recuperar, nem mesmo vislumbrar, porque a máquina do mundo é complexa demais para a simplicidade dos homens.

borges e eu

Ao outro, a Borges, é que sucedem as coisas. Eu caminho por Buenos Aires e me demoro, talvez já mecanicamente, para olhar o arco de um vestíbulo e o portão gradeado; de Borges tenho notícias pelo correio e vejo seu nome numa lista tríplice de professores ou num dicionário biográfico. Agradam-me os relógios de areia, os mapas, a tipografia do século XVIII, as etimologias, o gosto do café e a prosa de Stevenson; o outro compartilha essas preferências, mas de um modo vaidoso que as transforma em atributos de um ator. Seria exagerado afirmar que nossa relação é hostil; eu vivo, eu me deixo viver, para que Borges possa tramar sua literatura, e essa literatura me justifica. Não me custa nada confessar que alcançou certas páginas válidas, mas essas páginas não podem me salvar, talvez porque o bom já não seja de ninguém, nem mesmo do outro, mas da linguagem ou da tradição. Além disso, estou destinado a perder-me, definitivamente, e só um ou outro instante de mim poderá sobreviver no outro. Pouco a pouco lhe vou cedendo tudo, embora conheça seu perverso costume de falsear e magnificar. Spinoza entendeu que todas as coisas querem perseverar em seu ser; a pedra eternamente quer ser pedra e o tigre um tigre. Eu permanecerei em Borges, não em mim (se é que sou alguém), mas me reconheço menos em seus livros do que em muitos outros, ou do que no laborioso rasqueado de uma guitarra. Há alguns anos tentei livrar-me dele e passei das mitologias do arrabalde aos jogos com o tempo e com o infinito, mas esses jogos agora são de Borges e terei de imaginar outras coisas. Assim minha vida é uma fuga e tudo eu perco e tudo é do esquecimento, ou do outro.

Não sei qual dos dois escreve esta página.

poema de los dones

Nadie rebaje a lágrima o reproche
esta declaración de la maestría
de Dios, que con magnífica ironía
me dio a la vez los libros y la noche.

De esta ciudad de libros hizo dueños
a unos ojos sin luz, que sólo pueden
leer en las bibliotecas de los sueños
los insensatos párrafos que ceden

las albas a su afán. En vano el día
les prodiga sus libros infinitos,
arduos como los arduos manuscritos
que perecieron en Alejandría.

De hambre y de sed (narra una historia griega)
muere un rey entre fuentes y jardines;
yo fatigo sin rumbo los confines
de esa alta y honda biblioteca ciega.

poema dos dons

Ninguém rebaixe a lágrima ou rejeite
esta declaração da maestria
de Deus, que com magnífica ironia
deu-me a um só tempo os livros e a noite.

Da cidade de livros tornou donos
estes olhos sem luz, que só concedem
em ler entre as bibliotecas dos sonhos
insensatos parágrafos que cedem

as alvas a esse afã. Em vão o dia
oferece-lhes seus livros infinitos,
árduos como os árduos manuscritos
que pereceram em Alexandria.

De fome e sede (narra a história grega)
morre um rei entre fontes e jardins;
eu fatigo sem rumo os confins
dessa alta e funda biblioteca cega.

Enciclopedias, atlas, el Oriente
y el Occidente, siglos, dinastías,
símbolos, cosmos y cosmogonías
brindan los muros, pero inútilmente.

Lento en mi sombra, la penumbra hueca
exploro con el báculo indeciso,
yo, que me figuraba el Paraíso
bajo la especie de una biblioteca.

Algo, que ciertamente no se nombra
con la palabra *azar*, rige estas cosas;
otro ya recibió en otras borrosas
tardes los muchos libros y la sombra.

Al errar por las lentas galerías
suelo sentir con vago horror sagrado
que soy el otro, el muerto, que habrá dado
los mismos pasos en los mismos días.

¿Cuál de los dos escribe este poema
de un yo plural y de una sola sombra?
¿Qué importa la palabra que me nombra
si es indiviso y uno el anatema?

Groussac o Borges, miro este querido
mundo que se deforma y que se apaga
en una pálida ceniza vaga
que se parece al sueño y al olvido.

Enciclopédias, atlas, o oriente
e o ocidente, centúrias, dinastias,
símbolos, cosmos e cosmogonias
cobrem paredes, mas inutilmente.

O oco breu em minha sombra com desvelo
investigo, o báculo indeciso,
eu, que imaginava o Paraíso
tendo uma biblioteca por modelo.

Algo, que por certo não se vislumbra
no termo *acaso,* governa essas coisas;
outro já recebeu em outras nebulosas
tardes os muitos livros e a penumbra.

Ao errar pelas lentas galerias
sinto às vezes com vago horror sagrado
que sou o outro, o morto, habituado
aos mesmos passos e nos mesmos dias.

Qual de nós dois escreve este poema
de uma só sombra e de um eu plural?
O nome que me assina é essencial,
se é indiviso e uno esse anátema?

Groussac ou Borges, olho este querido
mundo que se deforma e que se apaga
numa empalidecida cinza vaga
que se parece ao sonho e ao olvido.

el reloj de arena

Está bien que se mida con la dura
sombra que una columna en el estío
arroja o con el agua de aquel río
en que Heráclito vio nuestra locura.

El tiempo, ya que al tiempo y al destino
se parecen los dos: la imponderable
sombra diurna y el curso irrevocable
del agua que prosigue su camino.

Está bien, pero el tiempo en los desiertos
otra substancia halló, suave y pesada,
que parece haber sido imaginada
para medir el tiempo de los muertos.

Surge así el alegórico instrumento
de los grabados de los diccionarios,
la pieza que los grises anticuarios
relegarán al mundo ceniciento

o relógio de areia

Está certo que se meça com a dura
sombra que uma coluna no estio
estende ou com a água desse rio
em que Heráclito viu nossa loucura

O tempo, já que ao tempo e à sorte
se parecem os dois: a imponderável
sombra diurna e o curso irrevogável
da água que prossegue no seu norte.

Está certo, mas o tempo nos desertos
outra substância achou, suave e pesada,
que parece ter sido imaginada
para medir o tempo dos mortos.

Surge assim o alegórico instrumento
das gravuras que estão nos dicionários,
a peça que os grises antiquários
relegarão a esse mundo cinzento

del alfil desparejo, de la espada
inerme, del borroso telescopio,
del sándalo mordido por el opio,
del polvo, del azar y de la nada.

¿Quién no se ha demorado ante el severo
y tétrico instrumento que acompaña
en la diestra del dios a la guadaña
y cuyas líneas repitió Durero?

Por el ápice abierto el cono inverso
deja caer la cautelosa arena,
oro gradual que se desprende y llena
el cóncavo cristal de su universo.

Hay un agrado en observar la arcana
arena que resbala y que declina
y, a punto de caer, se arremolina
con una prisa que es del todo humana.

La arena de los ciclos es la misma
e infinita es la historia de la arena;
así, bajo tus dichas o tu pena,
la invulnerable eternidad se abisma.

No se detiene nunca la caída.
Yo me desangro, no el cristal. El rito
de decantar la arena es infinito
y con la arena se nos va la vida.

do bispo sem seu par, ou o da espada
inerme, do apagado telescópio,
do sândalo mordido pelo ópio,
do próprio pó, do acaso e do nada.

Quem não se demorou perante o ríspido
e tétrico instrumento que acompanha
na destra mão do deus uma gadanha,
e de que o traço foi por Dürer repetido?

Pelo ápice aberto o cone inverso
deixa cair a cautelosa areia,
ouro gradual que se solta e recheia
o côncavo cristal, seu universo.

É agradável observar a arcana
areia que desliza e que declina
e, prestes a cair, se recombina
com uma pressa inteiramente humana.

A areia dos ciclos é imutável,
a história da areia é infinita;
assim, em tua ventura ou tua desdita,
se abisma a eternidade invulnerável.

Não se detém jamais essa caída.
Eu me dessangro, não o vidro. O rito
de decantar a areia é infinito
e com a areia vai-se nossa vida.

En los minutos de la arena creo
sentir el tiempo cósmico: la historia
que encierra en sus espejos la memoria
o que ha disuelto el mágico Leteo.

El pilar de humo y el pilar de fuego,
Cartago y Roma y su apretada guerra,
Simón Mago, los siete pies de tierra
que el rey sajón ofrece al rey noruego,

todo lo arrastra y pierde este incansable
hilo sutil de arena numerosa.
No he de salvarme yo, fortuita cosa
de tiempo, que es materia deleznable.

Nos minutos da areia o tempo cósmico
acredito sentir: aquela história
que guarda em seus espelhos a memória
ou a que dissolveu o Letes mágico.

O pilar de fumaça e o que fumega,
Cartago e Roma e a perigosa guerra,
Simão, o Mago, os sete pés de terra
que o rei saxão oferta ao da Noruega,

a tudo arrasta e perde esse infalível
fio sutil de areia numerosa.
Não vou salvar-me eu, fortuita coisa
de tempo, que é matéria perecível.

ajedrez

I

En su grave rincón, los jugadores
rigen las lentas piezas. El tablero
los demora hasta el alba en su severo
ámbito en que se odian dos colores.

Adentro irradian mágicos rigores
las formas: torre homérica, ligero
caballo, armada reina, rey postrero,
oblicuo alfil y peones agresores.

Cuando los jugadores se hayan ido,
cuando el tiempo los haya consumido,
ciertamente no habrá cesado el rito.

En el Oriente se encendió esta guerra
cuyo anfiteatro es hoy toda la tierra.
Como el otro, este juego es infinito.

xadrez

I

Em seu austero canto, os jogadores
regem as lentas peças. O tabuleiro
prende-os até a alva no severo
espaço em que se odeiam duas cores.

Dentro irradiam mágicos rigores
as formas: torre homérica, ligeiro
cavalo, armada rainha, rei postreiro,
oblíquo bispo e peões agressores.

Quando os jogadores tiverem ido,
quando o tempo os tiver consumido,
certamente não terá cessado o rito.

No oriente acendeu-se essa guerra
cujo anfiteatro é hoje toda a Terra.
Como o outro, esse jogo é infinito.

II

Tenue rey, sesgo alfil, encarnizada
reina, torre directa y peón ladino
sobre lo negro y blanco del camino
buscan y libran su batalla armada.

No saben que la mano señalada
del jugador gobierna su destino,
no saben que un rigor adamantino
sujeta su albedrío y su jornada.

También el jugador es prisionero
(la sentencia es de Omar) de otro tablero
de negras noches yde blancos días.

Dios mueve al jugador, y éste, la pieza.
¿Quê dios detrás de Dios la trama empieza
de polvo y tiempo y sueño y agonías?

II

Tênue rei, oblíquo bispo, encarniçada
rainha, peão ladino e torre a prumo
sobre o preto e o branco de seu rumo
buscam e travam sua batalha armada.

Não sabem que a mão assinalada
do jogador governa seu destino,
não sabem que um rigor adamantino
sujeita seu arbítrio e sua jornada.

Também o jogador é prisioneiro
(a máxima é de Omar) de um tabuleiro
de negras noites e de brancos dias.

Deus move o jogador, e este, a peça.
Que deus detrás de Deus o ardil começa
de pó e tempo e sonho e agonias?

los espejos

Yo que sentí el horror de los espejos
no sólo ante el cristal impenetrable
donde acaba y empieza, inhabitable,
un imposible espacio de reflejos

sino ante el agua especular que imita
el otro azul en su profundo cielo
que a veces raya el ilusorio vuelo
del ave inversa o que un temblor agita

y ante la superficie silenciosa
del ébano sutil cuya tersura
repite como un sueño la blancura
de un vago mármol o una vaga rosa,

hoy, al cabo de tantos y perplejos
años de errar bajo la varia luna,
me pregunto qué azar de la fortuna
hizo que yo temiera los espejos.

os espelhos

Eu que senti o horror dos espelhos
não só perante o vidro impenetrável
onde acaba e começa, inabitável,
um impossível espaço de reflexos

mas ante a água especular que imita
o outro azul em seu profundo céu
que sulca o ilusório vôo, ao léu,
da ave inversa ou que um tremor agita

e ante a superfície silenciosa
do ébano sutil cujo fulgor
repete como um sonho o alvor
de um vago mármore ou da vaga rosa,

hoje, ao fim de tantos e perplexos
anos errando sob a vária lua,
pergunto-me que acaso da fortuna
me fez sentir medo dos espelhos.

Espejos de metal, enmascarado
espejo de caoba que en la bruma
de su rojo crepúsculo disfuma
ese rostro que mira y es mirado,

infinitos los veo, elementales
ejecutores de un antiguo pacto,
multiplicar el mundo como el acto
generativo, insomnes y fatales.

Prolongan este vano mundo incierto
en su vertiginosa telaraña;
a veces en la tarde los empaña
el hálito de un hombre que no ha muerto.

Nos acecha el cristal. Si entre las cuatro
paredes de la alcoba hay un espejo,
ya no estoy solo. Hay otro. Hay el reflejo
que arma en el alba un sigiloso teatro.

Todo acontece y nada se recuerda
en esos gabinetes cristalinos
donde, como fantásticos rabinos,
leemos los libros de derecha a izquierda.

Claudio, rey de una tarde, rey soñado,
no sintió que era un sueño hasta aquel día
en que un actor mimó su felonía
con arte silencioso, en un tablado.

Espelhos de metal, emascarado
espelho de caoba que na bruma
de seu rubro crepúsculo esfuma
este rosto que olha e é olhado,

infinitos os vejo, elementais
executores de um antigo pacto,
multiplicar o mundo como o ato
generativo, insones e fatais.

Prolongam este inútil mundo torto
na vertigem de seus emaranhados;
à tarde são às vezes embaçados
pelo alento de alguém que não está morto.

O vidro nos espreita. Se entre as quatro
paredes do quarto existe um espelho,
já não estou sozinho. Há outro. Há o reflexo
que arma na aurora um sigiloso teatro.

Tudo acontece e na memória é perda
dentro dos gabinetes cristalinos
onde, como fantásticos rabinos,
lemos livros da direita à esquerda.

Cláudio, rei de uma tarde, rei sonhado,
não sentiu que era um sonho até o dia
em que um ator mimou sua felonia
com arte silenciosa, num tablado.

Que haya sueños es raro, que haya espejos,
que el usual y gastado repertorio
de cada día incluya el ilusorio
orbe profundo que urden los reflejos.

Dios (he dado en pensar) pone un empeño
en toda esa inasible arquitectura
que edifica la luz con la tersura
del cristal y la sombra con el sueño.

Dios ha creado las noches que se arman
de sueños y las formas del espejo
para que el hombre sienta que es reflejo
y vanidad. Por eso nos alarman.

Que haja sonhos é estranho, que haja espelhos,
que o usual e gasto repertório
de cada dia inclua o ilusório
orbe profundo que urdem os reflexos.

O empenho de Deus (eu penso) assombra,
em toda a inapreensível arquitetura
que edifica a luz com a brunidura
do cristal e, com o sonho, a sombra.

Deus inventou as noites que se armam
de sonhos e as formas do espelho
para que o homem sinta que é reflexo
e vaidade. Por isso nos alarmam.

elvira de alvear

Todas las cosas tuvo y lentamente
todas la abandonaron. La hemos visto
armada de belleza. La mañana
y el claro mediodía le mostraron,
desde su cumbre, los hermosos reinos
de la tierra. La tarde fue borrándolos.
El favor de los astros (la infinita
y ubicua red de causas) le había dado
la fortuna, que anula las distancias
como el tapiz del árabe, y confunde
deseo y posesión y el don del verso,
que transforma las penas verdaderas
en una música, un rumor y un símbolo
y el fervor, y en la sangre la batalla
de Ituzaingó y el peso de laureles,
y el goce de perderse en el errante
río del tiempo (río y laberinto)
y en los lentos colores de las tardes.
Todas las cosas la dejaron, menos
una. La generosa cortesía
la acompañó hasta el fin de su jornada,

elvira de alvear

Todas as coisas teve e lentamente
todas a abandonaram. Nós a vimos
armada de beleza. A manhã
e o claro meio-dia lhe mostraram,
desde seu zênite, os formosos reinos
desta Terra. A tarde os foi minguando.
Os favoráveis astros (a infinita
e ubíqua rede causal) lhe haviam dado
a fortuna, que dissipa as distâncias
como o tapete do árabe e confunde
o desejo, a posse e o dom do verso,
que transforma as penas verdadeiras
em música, em rumor e em símbolo,
e o fervor, e no sangue a batalha
de Ituzaingó e o peso dos louros,
e o prazer de perder-se no errante
rio do tempo (rio e labirinto)
e no lento colorido das tardes.
Todas as coisas a deixaram, menos
uma. A generosa cortesia
acompanhou-a até o fim da jornada,

más allá del delirio y del eclipse,
de un modo casi angélico. De Elvira
lo primero que vi, hace tantos años,
fue la sonrisa y es también lo último.

para além do delírio e do eclipse,
de modo quase angelical. De Elvira
o que primeiro vi, há tantos anos,
foi o sorriso, e o que vejo por último.

susana soca

Con lento amor miraba los dispersos
colores de la tarde, Le placía
perderse en la compleja melodía
o en la curiosa vida de los versos.
No el rojo elemental sino los grises
hilaron su destino delicado,
hecho a discriminar y ejercitado
en la vacilación y en los matices.
Sin atreverse a hollar este perplejo
laberinto, atisbaba desde afuera
las formas, el tumulto y la carrera,
como aquella otra dama del espejo.
Dioses que moran más allá del ruego
la abandonaron a ese tigre, el Fuego.

susana soca

Com lento amor fitava os dispersos
coloridos da tarde. E se perdia
com gosto na complexa melodia
ou na curiosa existência dos versos.
Não o elementar vermelho mas os grises
fiaram seu destino delicado,
afeito a discernir e exercitado
tanto na oscilação como em matizes.
Sem atrever-se a pisar esse perplexo
labirinto, observava, sorrateira,
as formas, o tumulto e a carreira,
como aquela outra dama do espelho.
Deuses que moram para além do rogo
abandonaram-na a esse tigre, o Fogo.

la luna

Cuenta la historia que en aquel pasado
tiempo en que sucedieron tantas cosas
reales, imaginarias y dudosas,
un hombre concibió el desmesurado

proyecto de cifrar el universo
en un libro y con ímpetu infinito
erigió el alto y arduo manuscrito
y limó y declamó el último verso.

Gracias iba a rendir a la fortuna
cuando al alzar los ojos vio un bruñido
disco en el aire y comprendió, aturdido,
que se había olvidado de la luna.

La historia que he narrado aunque fingida,
bien puede figurar el maleficio
de cuantos ejercemos el oficio
de cambiar en palabras nuestra vida.

a lua

Segundo a história naquele passado
tempo em que ocorreram tantos fatos
reais, imaginários e inexatos
pensou um homem o desmesurado

projeto de cifrar o universo
em um livro e com ímpeto infinito
erigiu o alto e árduo manuscrito
e limou e declamou o último verso.

Já ia render graças à fortuna
quando ao erguer os olhos um polido
disco viu no ar e entendeu, aturdido,
que se havia esquecido da lua.

A história que narrei, mesmo fingida,
bem que pode mostrar o malefício
de todos os que exercemos o ofício
de mudar em palavras nossa vida.

Siempre se pierde lo esencial. Es una
ley de toda palabra sobre el numen.
No la sabrá eludir este resumen
de mi largo comercio con la luna.

No sé dónde la vi por vez primera,
si en el cielo anterior de la doctrina
del griego o en la tarde que declina
sobre el patio del *pozo* y de la higuera.

Según se sabe, esta mudable vida
puede, entre tantas cosas, ser muy bella
y hubo así alguna tarde en que com ella
te miramos, oh luna compartida.

Más que las lunas de las noches puedo
recordar las del verso: la hechizada
dragon moon que da horror a la balada
y la luna sangrienta de Quevedo.

De otra luna de sangre y de escarlata
habló Juan en su libro de feroces
prodigios y de júbilos atroces;
otras más claras lunas hay de plata.

Pitágoras con sangre (narra uma
tradición) escribía en un espejo
y los hombres leían el reflejo
en aquel otro espejo que es la luna.

Sempre se perde o essencial. É uma
lei de toda palavra sobre o nume.
Não a elude este enredo que resume
o meu longo comércio com a lua.

Não sei onde a avistei a vez primeira,
se foi no céu anterior da doutrina
do grego ou se na tarde que declina
sobre o pátio do poço e da figueira.

Como se sabe, esta inconstante vida
pode bem ser, entre outras coisas, bela,
e houve assim uma tarde em que com ela
te contemplamos, oh, lua compartida.

Mais que as luas das noites eu acedo
em recordar as do verso: a enfeitiçada
dragon moon que dá horror à balada
e a lua sangrenta de Quevedo.

De outra lua de sangue e de escarlata
falou João em seu livro de ferozes
prodígios e de júbilos atrozes;
outras mais claras luas há de prata.

Pitágoras com sangue (narra uma
tradição) escrevia num espelho
e os homens então liam o reflexo
naquele outro espelho que é a lua.

De hierro hay una selva donde mora
el alto lobo cuya extraña suerte
es derribar la luna y darle muerte
cuando enrojezca el mar la última aurora.

(Esto el Norte profético lo sabe
y también que ese día los abiertos
mares del mundo infestará la nave
que se hace con las uñas de los muertos.)

Cuando, en Ginebra o Zürich, la fortuna
quiso que yo también fuera poeta,
me impuse, como todos, la secreta
obligación de definir la luna.

Con una suerte de estudiosa pena
agotaba modestas variaciones,
bajo el vivo temor de que Lugones
ya hubiera usado el ámbar o la arena.

De lejano marfil, de humo, de fría
nieve fueron las lunas que alumbraron
versos que ciertamente no lograron
el arduo honor de la tipografía.

Pensaba que el poeta es aquel hombre
que, como el rojo Adán del Paraíso,
impone a cada cosa su preciso
y verdadero y no sabido nombre.

De ferro há uma selva onde mora
o alto lobo cuja estranha sorte
é derrubar a lua e dar-lhe morte
quando avermelhe o mar a última aurora.

(Isso o norte profético já sabe
e também que nesse dia os profundos
mares do mundo destruirão a nave
que se faz com as unhas dos defuntos.)

Quando, em Genebra ou Zurique, a fortuna
quis que eu também fosse poeta,
eu me impus, como todos, a secreta
obrigação de definir a lua.

Com uma espécie de pena que tenteia,
esgotava modestas variantes,
temeroso de que Lugones antes
já houvesse usado o âmbar ou a areia.

De longínquo marfim, fumaça, fria
neve foram as luas que alumbraram
versos que certamente não chegaram
à árdua honra da tipografia.

Pensava que o poeta é aquele homem
que, como o rubro Adão do Paraíso,
impõe a cada coisa seu preciso
e verdadeiro e não sabido nome.

Ariosto me enseñó que en la dudosa
luna moran los sueños, lo inasible,
el tiempo que se pierde, lo posible
o lo imposible, que es la misma cosa.

De la Diana triforme Apolodoro
me dejó divisar la sombra mágica;
Hugo me dio una hoz que era de oro,
y un irlandés, su negra luna trágica.

Y, mientras yo sondeaba aquella mina
de las lunas de la mitología,
ahí estaba, a la vuelta de la esquina,
la luna celestial de cada día.

Sé que entre todas las palabras, una
hay para recordarla o figurarla.
El secreto, a mi ver, está en usarla
con humildad. Es la palabra *luna*.

Ya no me atrevo a macular su pura
aparición con una imagen vana;
la veo indescifrable y cotidiana
y más allá de mi literatura.

Sé que la luna o la palabra *luna*
es una letra que fue creada para
la compleja escritura de esa rara
cosa que somos, numerosa y una.

Ariosto me ensinou que a duvidosa
lua abriga os sonhos, o inapreensível,
o tempo que se perde, o possível
ou o impossível, que é a mesma coisa.

De Diana triforme Apolodoro
deixou-me divisar a sombra mágica;
Hugo deu-me uma foice que era de ouro,
e um irlandês, sua negra lua trágica.

E, enquanto eu sondava aquela mina
das luas todas da mitologia,
ali estava, no virar da esquina,
a lua celestial de cada dia.

Sei que entre todas as palavras uma
há para lembrá-la ou figurá-la.
O segredo, a meu ver, está em usá-la
com humildade. É a palavra *lua*.

Eu não me atrevo a macular sua pura
aparição com imagem ufana;
vejo-a indecifrável, cotidiana
e para além de minha literatura.

Eu sei que a lua ou a palavra *lua*
é uma letra inventada para
a complexa escritura dessa rara
coisa que somos, numerosa e una.

Es uno de los símbolos que al hombre
da el hado o el azar que un día
de exaltación gloriosa o de agonía
pueda escribir su verdadero nombre.

É um dos vários símbolos que ao homem
dá o fado ou o acaso para um dia
de exaltação gloriosa ou de agonia
este escrever seu verdadeiro nome.

la lluvia

Bruscamente la tarde se ha aclarado
porque ya cae la lluvia minuciosa.
Cae y cayó. La lluvia es una cosa
que sin duda sucede en el pasado.

Quien la oye caer ha recobrado
el tiempo en que la suerte venturosa
le reveló una flor llamada *rosa*
y el curioso color del colorado.

Esta lluvia que ciega los cristales
alegrará en perdidos arrabales
las negras uvas de una parra en cierto

patio que ya no existe. La mojada
tarde me trae la voz, la voz deseada,
de mi padre que vuelve y que no ha muerto.

a chuva

A tarde se aclarou de inesperado
porque já cai a chuva minuciosa.
Cai ou caiu. A chuva é uma coisa
que sem dúvida ocorre no passado.

Quem a ouve cair tem renovado
o tempo em que a sorte venturosa
revelou-lhe uma flor chamada *rosa*
e o curioso matiz avermelhado.

Essa chuva que agora ofusca os vidros
vai alegrar em subúrbios perdidos
as pretas uvas de uma parra no horto

que deixou de existir. Esta molhada
tarde me traz a voz, a voz ansiada,
de meu pai que retorna e não está morto.

a la efigie de un capitán
de los ejércitos de cromwell

No rendirán de Marte las murallas
a éste, que salmos del Señor inspiran;
desde otra luz (desde otro siglo) miran
los ojos, que miraron las batallas.
La mano está en los hierros de la espada.
Por la verde región anda la guerra;
detrás de la penumbra está Inglaterra,
y el caballo y la gloria y tu jornada.
Capitán, los afanes son engaños,
vano el arnés y vana la porfía
del hombre, cuyo término es un día;
todo ha concluido hace ya muchos años.
El hierro que ha de herirte se ha herrumbrado;
estás (como nosotros) condenado.

à efígie de um capitão dos exércitos de cromwell

Não renderão de Marte as muralhas
a este, que salmos do Senhor inspiram;
de outra luz (de outro século) é que miram
os olhos, que assistiram as batalhas.
A mão segura os ferros da espada.
Pela verde região caminha a guerra;
para lá da penumbra está a Inglaterra,
e o cavalo e a glória e tua jornada.
Capitão, os anseios são enganos,
inútil o arnês, inútil a porfia
do homem, cujo termo é um dia;
tudo já teve fim há muitos anos.
Há de ferir-te um ferro enferrujado;
estás (tal como estamos) condenado.

a un viejo poeta

Caminas por el campo de Castilla
y casi no lo ves. Un intrincado
versículo de Juan es tu cuidado
y apenas reparaste en la amarilla

puesta del sol. La vaga luz delira
y en el confín del Este se dilata
esa luna de escarnio y de escarlata
que es acaso el espejo de la Ira.

Alzas los ojos y la miras. Una
memoria de algo que fue tuyo empieza
y se apaga. La pálida cabeza

bajas y sigues caminando triste,
sin recordar el verso que escribiste:
Y su epitafio la sangrienta luna.

a um velho poeta

Caminhas pelo campo de Castela
e quase não o vês. Um intrincado
versículo de João é teu cuidado
e mal percebes a luz amarela

Do pôr do sol. A vaga luz delira
e nos confins do Leste se dilata
essa lua de escárnio e de escarlata
que talvez seja o espelho da Ira.

O olhar elevas e a contemplas. Uma
memória de algo que foi teu começa
e se dissipa. A pálida cabeça

curvas e segues caminhando triste,
sem recordar o verso que escreveste:
seu epitáfio a sangrenta lua.

el otro tigre

And the craft that createth a semblance
MORRIS: *Sigurd the Volsung*, 1876

Pienso en un tigre. La penumbra exalta
la vasta Biblioteca laboriosa
y parece alejar los anaqueles;
fuerte, inocente, ensangrentado y nuevo,
él irá por su selva y su mañana
y marcará su rastro en la limosa
margen de un río cuyo nombre ignora
(en su mundo no hay nombres ni pasado
ni porvenir, sólo un instante cierto).
Y salvará las bárbaras distancias
y husmeará en el trenzado laberinto
de los olores el olor del alba
y el olor deleitable del venado.
Entre las rayas del bambú descifro
sus rayas y presiento la osatura
bajo la piel espléndida que vibra.
En vano se interponen los convexos
mares y los desiertos del planeta;
desde esta casa de un remoto puerto
de América del Sur, te sigo y sueño,
oh tigre de las márgenes del Ganges.

o outro tigre

And the craft that createth a semblance
MORRIS: *Sigurd the Volsung*, 1876

Penso num tigre. A penumbra exalta
a vasta Biblioteca laboriosa
e parece afastar suas estantes;
forte, inocente, ensangüentado e novo,
ele irá por sua selva e sua manhã
e deixará seu rastro na lodosa
margem de um rio cujo nome ignora
(seu mundo não tem nomes nem passado,
nem há futuro, só um instante certo.)
E vencerá as bárbaras distâncias,
farejará no enleado labirinto
dos aromas o aroma da alvorada
e o aroma deleitável do veado;
Entre as riscas do bambu decifro
suas riscas e pressinto a ossatura
sob essa pele esplêndida que vibra.
Inúteis interpõem-se os convexos
mares e os desertos do planeta;
desta morada de um remoto porto
da América do Sul, te sigo e sonho,
oh, tigre das ribeiras do rio Ganges.

Cunde ia tarde en mi alma y reflexiono
que el tigre vocativo de mi verso
es un tigre de símbolos y sombras,
una serie de tropos literarios
y de memorias de la enciclopedia
y no el tigre fatal, la aciaga joya
que, bajo el sol o la diversa luna,
va cumpliendo en Sumatra o en Bengala
su rutina de amor, de ocio y de muerte.
Al tigre de los símbolos he opuesto
el verdadero, el de caliente sangre,
el que diezma la tribu de los búfalos
y hoy, 3 de agosto del 59,
alarga en la pradera una pausada
sombra, pero ya el hecho de nombrarlo
y de conjeturar su circunstancia
lo hace ficción del arte y no criatura
viviente de las que andan por la tierra.

Un tercer tigre buscaremos. Éste
será como los otros una forma
de mi sueño, un sistema de palabras
humanas y no el tigre vertebrado
que, más allá de las mitologías,
pisa la tierra. Bien lo sé, pero algo
me impone esta aventura indefinida,
insensata y antigua, y persevero
en buscar por el tiempo de la tarde
el otro tigre, el que no está en el verso.

Corre a tarde em minha alma e eu pondero
que o tigre vocativo de meu verso
é um tigre de símbolos e sombras,
uma série de tropos literários
e de memórias da enciclopédia,
não o tigre fatal, jóia nefasta
que, sob o sol ou a diversa lua,
vai cumprindo em Sumatra ou em Bengala
sua rotina de amor, de ócio e de morte.
A esse tigre dos símbolos opus
o verdadeiro, o que tem sangue quente,
o que dizima a tribo dos búfalos
e hoje, 3 de agosto de 59,
estende sobre o prado uma pausada
sombra, mas só o fato de nomeá-lo
e de conjecturar sua circunstância
torna-o ficção da arte e não criatura
animada das que andam pela terra.

Procuraremos um terceiro tigre.
Como os outros, também será uma forma
de meu sonho, um sistema de palavras
humanas, não o tigre vertebrado
que, para além dessas mitologias,
pisa a terra. Bem o sei, mas algo
me impõe essa aventura indefinida,
insensata e antiga, e persevero
em procurar pelo tempo da tarde
o outro tigre, o que não está no verso.

blind pew

Lejos del mar y de la hermosa guerra,
que así el amor lo que ha perdido alaba,
el bucanero ciego fatigaba
los terrosos caminos de Inglaterra.

Ladrado por las perros de las granjas,
pifia de los muchachos del poblado,
dormía um achacoso y agrietado
sueño en el negro polvo de las zanjas.

Sabía que en remotas playas de oro
era suyo un recóndito tesoro
y esto aliviaba su contraria suerte;

a ti también, en otras playas de oro,
te aguarda incorruptible tu tesoro:
la vasta y vaga y necesaria muerte.

blind pew

Longe do mar e da formosa guerra,
que assim o amor todo o perdido louva,
o bucaneiro cego fatigava
os terrosos caminhos da Inglaterra.

Escorraçado pelos cães das granjas,
caçoada dos meninos do povoado,
dormia um enfermiço e gretado
sono no enegrecido pó das sanjas.

Sabia que em remotas praias de ouro
era seu um recôndito tesouro
e isso acalmava sua adversa sorte;

A ti também, em outras praias de ouro,
aguarda incorruptível teu tesouro:
a vasta e vaga e necessária morte.

alusión a una sombra
de mil ochocientos noventa y tantos

Nada. Sólo el cuchillo de Muraña.
Sólo en la tarde gris la historia trunca.
No sé por qué en las tardes me acompaña
ese asesino que no he visto nunca.
Palermo era más bajo. El amarillo
paredón de la cárcel dominaba
arrabal y barrial. Por esa brava
región anduvo el sórdido cuchillo.
El cuchillo. La cara se ha borrado
y de aquel mercenario cuyo austero
oficio era el coraje, no ha quedado
más que una sombra y un fulgor de acero.
Que el tiempo, que los mármoles empaña,
salve este firme nombre, Juan Muraña.

alusão a uma sombra
de mil oitocentos e noventa e tantos

Nada. Apenas a faca de Muraña.
Na tarde cinza só o caso truncado.
Não sei por que, nas tardes me acompanha
esse assassino jamais avistado.
Palermo era mais baixo. A muralha
amarela do presídio dominava
subúrbio e lamaçal. Por essa brava
região andou a sórdida navalha.
A navalha. O rosto se apagou
e desse mercenário cujo crasso
ofício era a coragem não restou
mais que uma sombra e um fulgor de aço.
Que o tempo, que os mármores empana,
salve este firme nome, Juan Muraña.

alusión a la muerte
del coronel francisco borges (1833-74)

Lo dejo en el caballo, en esa hora
crepuscular en que buscó la muerte;
que de todas las horas de su suerte
ésta perdure, amarga y vencedora.
Avanza por el campo la blancura
del caballo y del poncho. La paciente
muerte acecha en los rifles. Tristemente
Francisco Borges va por la llanura.
Esto que lo cercaba, la metralla,
esto que ve, la pampa desmedida,
es lo que vio y oyó toda la vida.
Está en lo cotidiano, en la batalla.
Alto lo dejo en su épico universo
y casi no tocado por el verso.

alusão à morte
do coronel francisco borges (1833-74)

Deixo-o no cavalo, nessa hora
crepuscular em que buscou a morte;
que de todas as horas de sua sorte
essa perdure, amarga e vencedora.
Avança pelo campo a brancura
do cavalo e do poncho. A paciente
morte espreita nos rifles. Tristemente,
Francisco Borges vai pela planura.
Aquilo que o cercava, a metralha,
isso que vê, o pampa sem medida,
é o que viu e ouviu por toda a vida.
Está no cotidiano, na batalha.
Alto o deixo em seu épico universo
e quase intocado pelo verso.

in memoriam a. r.

El vago azar o las precisas leyes
que rigen este sueño, el universo,
me permitieron compartir un terso
trecho del curso con Alfonso Reyes.

Supo bien aquel arte que ninguno
supo del todo, ni Simbad ni Ulises,
que es pasar de un país a otros países
y estar íntegramente en cada uno.

Si la memoria le clavó su flecha
alguna vez, labró con el violento
metal del arma el numeroso y lento
alejandrino o la afligida endecha.

En los trabajos lo asistió la humana
esperanza y fue lumbre de su vida
dar con el verso que ya no se olvida
y renovar la prosa castellana.

in memoriam a.r.

O vago acaso ou as precisas leis
que regem esse sonho, o universo,
permitiram-me compartir um terso
trecho do curso com Alfonso Reyes.

Soube bem essa arte que nenhum
outro abarcou, nem Simbad nem Ulisses,
que é passar de um a outros países
e estar inteiramente em cada um.

Se a memória lhe cravou sua flecha
alguma vez, lavrou com o violento
metal da arma o numeroso e lento
alexandrino ou a aflita endecha.

Nos trabalhos assistiu-o a humana
esperança e foi lume de sua vida
dar com o verso que não mais se olvida
e renovar a prosa castelhana.

Más allá del Myo Cid de paso tardo
y de la grey que aspira a ser oscura,
rastreaba la fugaz literatura
hasta los arrabales del lunfardo.

En los cinco jardines del Marino
se demoró, pero algo en él había
inmortal y esencial que prefería
el arduo estudio y el deber divino.

Prefirió, mejor dicho, los jardines
de la meditación, donde Porfirio
erigió ante las sombras y el delirio
el Árbol del Principio y de los Fines.

Reyes, la indescifrable Providencia
que administra lo pródigo y lo parco
nos dio a los unos el sector o el arco,
pero a ti la total circunferencia.

Lo dichoso buscabas o lo triste
que ocultan frontispicios y renombres;
como el Dios del Erígena, quisiste
ser nadie para ser todos los hombres.

Vastos y delicados esplendores
logró tu estilo, esa precisa rosa,
y a las guerras de Dios tornó gozosa
la sangre militar de tus mayores.

Além do Mio Cid de passo tardo
e dessa grei que quer ser obscura,
rastreava a fugaz literatura
até os arrabaldes do lunfardo.

Entre os jardins, os cinco, de Marino
demorou-se, mas algo nele havia
imortal e essencial que preferia
o árduo estudo e o dever divino.

A bem dizer, preferiu os jardins
para a meditação, onde Porfírio
erigiu ante as sombras e o delírio
a Árvore do Princípio e dos Fins.

Reyes, a indecifrável providência
que administra o pródigo e o parco
deu-nos, a alguns, o setor ou o arco,
mas a ti a total circunferência.

O ditoso buscavas ou o triste
que ocultam frontispícios e renomes;
como o Deus de Erígena, preferiste
ser ninguém para ser todos os homens.

Vastos e delicados esplendores
teu estilo alcançou, precisa rosa,
e às guerras de Deus tornou gozosa
a veia militar de antecessores.

¿Dónde estará (pregunto) el mexicano?
¿Contemplará con el horror de Edipo
ante la extraña Esfinge, el Arquetipo
inmóvil de la Cara o de la Mano?

¿O errará, como Swedenborg quería,
por un orbe más vívido y complejo
que el terrenal, que apenas es reflejo
de aquella alta y celeste algarabía?

Si (como los imperios de la laca
y del ébano enseñan) la memoria
labra su íntimo Edén, ya hay en la gloria
otro México y otro Cuernavaca.

Sabe Dios los colores que la suerte
propone al hombre más allá del día;
yo ando por estas calles. Todavía
muy poco se me alcanza de la muerte.

Sólo una cosa sé. Que Alfonso Reyes
(dondequiera que el mar lo haya arrojado)
se aplicará dichoso y desvelado
al otro enigma y a las otras leyes.

Al impar tributemos, al diverso
las palmas y el clamor de la victoria;
no profane mi lágrima este verso
que nuestro amor inscribe a su memoria.

Onde anda o mexicano? (É minha questão.)
contemplará, com o horror de Édipo
ante a estranha Esfinge, o Arquétipo
impassível do Rosto ou da Mão?

Ou errará, como Swedenborg queria,
por um orbe mais vívido e complexo
que o terreno, que é apenas reflexo
daquela alta e celeste algaravia?

Se (como esses impérios da laca
e do ébano ensinam) a memória
lavra seu íntimo Éden, já há na glória
outro México e outro Cuernavaca.

Sabe Deus os matizes que a sorte
propõe ao homem para além do dia;
por estas ruas ando. Todavia
sei muito pouco a respeito da morte.

Só uma coisa sei. Que Alfonso Reyes
(onde quer que o mar o tenha lançado)
vai se aplicar feliz e desvelado
ao outro enigma e às outras leis.

Ao ímpar tributemos, ao diverso
o clamor e os aplausos da vitória;
não profane minha lágrima este verso
que nosso amor inscreve em sua memória.

los borges

Nada o muy poco sé de mis mayores
portugueses, los Borges: vaga gente
que prosigue en mi carne, oscuramente,
sus hábitos, rigores y temores.
Tenues como si nunca hubieran sido
y ajenos a los trámites del arte,
indescifrablemente forman parte
del tiempo, de la tierra y del olvido.
Mejor así. Cumplida la faena,
son Portugal, son la famosa gente
que forzó las murallas del Oriente
y se dio al mar y al otro mar de arena.
Son el rey que en el místico desierto
se perdió y el que jura que no ha muerto.

os borges

Bem pouco sei de meus antecessores
portugueses, os Borges: vaga gente
que prossegue em minha carne, obscuramente,
seus hábitos, rigores e temores.
Tênues como se nunca houvessem sido
e alheios aos trâmites da arte,
indecifravelmente fazem parte
do tempo, dessa terra e do olvido.
Melhor assim. Vencida a peleia,
são Portugal, são a famosa gente
que forçou as muralhas do oriente
e fez-se ao mar e ao outro mar de areia.
São o rei que no místico deserto
perdeu-se e o que jura não estar morto.

a luís de camoens

Sin lástima y sin ira el tiempo mella
las heroicas espadas. Pobre y triste
a tu patria nostálgica volviste,
oh capitán, para morir en ella
y con ella. En el mágico desierto
la flor de Portugal se había perdido
y el áspero español, antes vencido,
amenazaba su costado abierto.
Quiero saber si aquende la ribera
última comprendiste humildemente
que todo lo perdido, el Occidente
y el Oriente, el acero y la bandera,
perduraría (ajeno a toda humana
mutación) en tu *Eneida* lusitana.

a luís de camões

Sem pena e sem ira o tempo vela
as heróicas espadas. Pobre e triste
a tua pátria saudosa preferiste
retornar, capitão, morrendo nela,
e com ela. No mágico deserto
a flor de Portugal se havia perdido
e o áspero espanhol, antes vencido,
ameaçava o seu flanco aberto.
Quero saber se aquém dessa ribeira
extrema compreendeste humildemente
que todo o perdido, o ocidente
e o oriente, o aço e a bandeira,
perduraria (alheio a toda humana
mutação) em tua *Eneida* lusitana.

mil novecientos veintitantos

La rueda de los astros no es infinita
y el tigre es una de las formas que vuelven,
pero nosotros, lejos del azar y de la aventura,
nos creíamos desterrados a un tiempo exhausto,
el tiempo en el que nada puede ocurrir.
El universo, el trágico universo, no estaba aquí
y fuerza era buscarlo en los ayeres;
yo tramaba una humilde mitología de tapias y cuchillos
y Ricardo pensaba en sus reseros.
No sabíamos que el porvenir encerraba el rayo,
no presentimos el oprobio, el incendio y la tremenda
    noche de la Alianza;
nada nos dijo que la historia argentina echaría a andar
    por las calles,
la historia, la indignación, el amor,
las muchedumbres como el mar, el nombre de Córdoba,
el sabor de lo real y de lo increíble, el horror y la gloria.

mil novecentos e vinte e tantos

A roda dos astros não é infinita
e o tigre é uma das formas que retornam,
mas nós, longe do acaso e da aventura,
nos víamos desterrados para um tempo exausto,
o tempo no qual nada pode ocorrer.
O universo, o trágico universo, não estava aqui
e era preciso procurá-lo nos ontens;
eu tramava a humilde mitologia de taipas e de facas
e Ricardo pensava em seus vaqueiros.
Não sabíamos que o futuro encerrava o raio,
não pressentimos a afronta, o incêndio e a noite terrível
    da Aliança;
nada nos disse que a história argentina sairia andando
    pelas ruas,
a história, a indignação, o amor,
as multidões feito o mar, o nome de Córdoba,
o sabor do real e do inacreditável, o horror e a glória.

oda compuesta en 1960

El claro azar o las secretas leyes
que rigen este sueño, mi destino,
quieren, oh necesaria y dulce patria
que no sin gloria y sin oprobio abarcas
ciento cincuenta laboriosos años,
que yo, la gota, hable contigo, el río,
que yo, el instante, hable contigo, el tiempo,
y que el íntimo diálogo recurra,
como es de uso, a los ritos y a la sombra
que aman los dioses y al pudor del verso.

Patria, yo te he sentido en los ruinosos
ocasos de los vastos arrabales
y en esa flor de cardo que el pampero
trae al zaguán y en la paciente lluvia
y en las lentas costumbres de los astros
y en la mano que templa una guitarra
y en la gravitación de la llanura
que desde lejos nuestra sangre siente
como el britano el mar y en los piadosos
símbolos y jarrones de una bóveda

ode composta em 1960

O claro acaso ou as secretas leis
que regem esse sonho, meu destino,
querem, oh, necessária e doce pátria
que não sem glória e sem opróbrio abarcas
cento e cinqüenta laboriosos anos,
que a gota, eu, fale contigo, o rio,
que o instante, eu, fale contigo, o tempo,
e que o íntimo diálogo recorra,
como é costume, aos ritos e à sombra
que amam os deuses e ao pudor do verso.

Pátria, eu te senti nos devastados
poentes dos vastos arrabaldes
e nessa flor de cardo que o pampeiro
traz para o pátio e na serena chuva,
e nos costumes sem pressa dos astros
e na mão que afina uma guitarra
e na gravitação dessa planície
que mesmo longe nosso sangue sente,
como o bretão o mar, e em piedosos
símbolos e jarrões de uma abóbada

y en el rendido amor de los jazmines
y en la plata de un marco y en el suave
roce de la caoba silenciosa
y en sabores de carnes y de frutas
y en la bandera casi azul y blanca
de un cuartel y en historias desganadas
de cuchillo y de esquina y en las tardes
iguales que se apagan y nos dejan
y en la vaga memoria complacida
de patios con esclavos que llevaban
el nombre de sus amos y en las pobres
hojas de aquellos libros para ciegos
que el fuego dispersó y en la caída
de las épicas lluvias de setiembre
que nadie olvidará, pero estas cosas
son apenas tus modos y tus símbolos.

Eres más que tu largo territorio
y que los días de tu largo tiempo,
eres más que la suma inconcebible
de tus generaciones. No sabemos
cómo eres para Dios en el viviente
seno de los eternos arquetipos,
pero por ese rostro vislumbrado
vivimos y morimos y anhelamos,
oh inseparable y misteriosa patria.

e no amor submisso dos jasmins,
na prata da moldura e no roçar
suave de um mogno silencioso
e em sabores de carnes e de frutas
e na bandeira quase azul e branca
de um quartel e em pálidas histórias
de faca e de esquina e nas tardes
tão iguais que se apagam e nos deixam
e na vaga memória afortunada
de pátios com escravos que levavam
o nome dos senhores e nas pobres
folhas daqueles livros para cegos
que o fogo dispersou e no cair
dessas épicas chuvas de setembro
que ninguém esquecerá, mas essas coisas
são apenas teus modos e teus símbolos.

És mais que teu extenso território
e que os dias de teu extenso tempo,
és mais que essa soma inconcebível
de tuas gerações. Nós não sabemos
como és para Deus em meio ao vivo
interior dos arquétipos eternos,
porém por esse rosto vislumbrado
vivemos e morremos e ansiamos,
oh, inseparável, misteriosa pátria.

ariosto y los árabes

Nadie puede escribir un libro. Para
que un libro sea verdaderamente,
se requieren la aurora y el poniente,
siglos, armas y el mar que une y separa.

Así lo pensó Ariosto, que al agrado
lento se dio, en el ocio de caminos
de claros mármoles y negros pinos,
de volver a soñar lo ya soñado.

El aire de su Italia estaba henchido
de sueños, que con formas de la guerra
que en duros siglos fatigó la tierra
urdieron la memoria y el olvido.

Una legión que se perdió en los valles
de Aquitania cayó en una emboscada;
así nació aquel sueño de una espada
y del cuerno que clama en Roncesvalles.

ariosto e os árabes

Ninguém pode escrever um livro. Para
que um livro seja verdadeiramente,
se requerem a aurora e o poente,
séculos, armas e o mar que une e separa.

Assim pensou Ariosto, que ao pausado
deleite deu-se, no ócio de caminhos
de claros mármores e de negros pinhos,
de voltar a sonhar o já sonhado.

O ar de sua Itália era opulento
de sonhos, que com as formas da guerra
que cansou em duros séculos a Terra
urdiram a memória e o esquecimento.

Uma legião que se perdeu nos vales
da Aquitânia caiu numa emboscada;
assim nasceu o sonho de uma espada
e do corno que clama em Roncesvalles.

Sus ídolos y ejércitos el duro
sajón sobre los huertos de Inglaterra
dilató en apretada y torpe guerra
y de esas cosas quedó un sueño: Arturo.

De las islas boreales donde un ciego
sol desdibuja el mar, llegó aquel sueño
de una virgen dormida que a su dueño
aguarda, tras un círculo de fuego.

Quién sabe si de Persia o del Parnaso
vino aquel sueño del corcel alado
que por el aire el hechicero armado
urge y que se hunde en el desierto ocaso.

Como desde el corcel del hechicero
Ariosto vio los reinos de la tierra
surcada por las fiestas de la guerra
y del joven amor aventurero.

Como a través de tenue bruma de oro
vio en el mundo un jardín que sus confines
dilata en otros íntimos jardines
para el amor de Angélica y Medoro.

Como los ilusorios esplendores
que al Indostán deja entrever el opio,
pasan por el Furioso los amores
en un desorden de calidoscopio.

Seus ídolos e exércitos o rudo
saxão por sobre os hortos da Inglaterra
dispersou em severa e torpe guerra
e um sonho — Artur — é o que restou de tudo.

Das ilhas boreais onde um cego
sol desvanece o mar, nos veio o sonho
da virgem adormecida que seu dono
aguarda, atrás de um círculo de fogo.

Quem sabe se da Pérsia ou do Parnaso
veio o outro sonho do corcel alado
que pelo ar o feiticeiro armado
urge e que afunda no deserto ocaso.

Como sobre o corcel do feiticeiro,
Ariosto viu os reinos de uma terra
sulcada pelos festejos da guerra
e do jovem amor aventureiro.

Como através de tênue bruma de ouro,
viu no mundo um jardim que seus confins
expande em outros íntimos jardins
para o amor de Angélica e Medoro.

Como esses ilusórios esplendores
que no Hindustão deixa entrever o ópio,
pelo Furioso passam os amores
numa desordem de caleidoscópio.

Ni el amor ignoró ni la ironía
y soñó así, de pudoroso modo,
el singular castillo en el que todo
es (como en esta vida) una falsía.

Como a todo poeta, la fortuna
o el destino le dio una suerte rara;
iba por los caminos de Ferrara
y al mismo tiempo andaba por la luna.

Escoria de los sueños, indistinto
limo que el Nilo de los sueños deja,
con ellos fue tejida la madeja
de ese resplandeciente laberinto,

de ese enorme diamante en el que un hombre
puede perderse venturosamente
por ámbitos de música indolente,
más allá de su carne y de su nombre.

Europa entera se perdió. Por obra
de aquel ingenuo y malicioso arte,
Milton pudo llorar de Brandimarte
el fin y de Dalinda la zozobra.

Europa se perdió, pero otros dones
dio el vasto sueño a la famosa gente
que habita los desiertos del Oriente
y la noche cargada de leones.

Não ignorou o amor nem a ironia
e assim sonhou, de pudoroso modo,
o singular castelo que é ele todo
(como de resto a vida) uma falsia.

Como a todo poeta, a fortuna
ou o destino deu-lhe sorte rara;
seguia por caminhos de Ferrara
e ao mesmo tempo andava pela lua.

Essa escória dos sonhos, indistinto
limo que o Nilo dos sonhos nos deixa,
com eles foi tecida a madeixa
desse resplandecente labirinto,

desse enorme diamante em que um homem
pode perder-se venturosamente
por espaços de música indolente,
para além de sua carne e de seu nome.

A Europa inteira se perdeu. Por obra
daquela ingênua e maliciosa arte,
Milton pôde chorar de Brandimarte
o fim, e de Dalinda a soçobra.

Perdeu-se a Europa, mas outros condões
deu o vasto sonho à famosa gente
que habita os desertos do Oriente
e a noite repleta de leões.

De un rey que entrega, al despuntar el día,
su reina de una noche a la implacable
cimitarra, nos cuenta el deleitable
libro que al tiempo hechiza todavía.

Alas que son la brusca noche, crueles
garras de las que pende un elefante,
magnéticas montañas cuyo amante
abrazo despedaza los bajeles,

la tierra sostenida por un toro
y el toro por un pez; abracadabras,
talismanes y místicas palabras
que en el granito abren cavernas de oro;

esto soñó la sarracena gente
que sigue las banderas de Agramante;
esto, que vagos rostros con turbante
soñaron, se adueñó del Occidente.

Y el Orlando es ahora una risueña
región que alarga inhabitadas millas
de indolentes y ociosas maravillas
que son un sueño que ya nadie sueña.

Por islámicas artes reducido
a simple erudición, a mera historia,
está solo, soñándose. (La gloria
es una de las formas del olvido.)

De um rei que entrega, ao despontar o dia,
sua rainha de uma noite à implacável
cimitarra, nos conta o deleitável
livro que o tempo encanta todavia.

Asas que são a brusca noite, cruéis
garras que têm suspenso um elefante,
magnéticas montanhas cujo amante
abraço faz destroços dos baixéis,

a Terra sustentada por um touro
e o touro por um peixe; abracadabras,
talismãs e místicas palavras
que no granito abrem grutas de ouro;

Isso sonhou a sarracena gente
que segue as bandeiras de Agramante;
isso, que vagos rostos com turbante
sonharam, apossou-se do ocidente.

E o Orlando é agora uma risonha
região que estende inabitadas milhas
de indolentes e ociosas maravilhas
que são um sonho que ninguém mais sonha.

Por islâmicas artes reduzido
a pura erudição, a mera história,
está só, se sonhando. (Toda glória
é somente uma das formas do olvido.)

Por el cristal ya pálido la incierta
luz de una tarde más toca el volumen
y otra vez arden y otra se consumen
los oros que envanecen la cubierta.

En la desierta sala el silencioso
libro viaja en el tiempo. Las auroras
quedan atrás y las nocturnas horas
y mi vida, este sueño presuroso.

Pelo vidro já pálido a tremente
luz de uma tarde mais roça o volume
e ardem e se consomem, é o costume,
os outros sobre a capa esvanecente.

Nessa deserta sala o silencioso
livro viaja pelo tempo. Auroras
ficam atrás e as noturnas horas
e minha vida, um sonho pressuroso.

al iniciar el estudio
de la gramática anglosajona

Al cabo de cincuenta generaciones
(tales abismos nos depara a todos el tiempo)
vuelvo en la margen ulterior de un gran río
que no alcanzaron los dragones del viking,
a las ásperas y laboriosas palabras
que, con una boca hecha polvo,
usé en los días de Nortumbria y de Mercia,
antes de ser Haslam o Borges.
El sábado leímos que Julio César
fue el primero que vino de Romeburh para debelar
    a Bretaña;
antes que vuelvan los racimos habré escuchado
la voz del ruiseñor del enigma
y la elegía de los doce guerreros
que rodean el túmulo de su rey.
Símbolos de otros símbolos, variaciones
del futuro inglés o alemán me parecen estas palabras
que alguna vez fueron imágenes
y que un hombre usó para celebrar el mar o una espada;
mañana volverán a vivir,

ao iniciar o estudo
da gramática anglo-saxônica

No final de cinqüenta gerações
(tais abismos a todos nós depara o tempo)
volto, na margem ulterior de um grande rio
que não alcançaram os dragões do viking,
às ásperas e laboriosas palavras
que, com uma boca transformada em pó,
usei nos dias de Nortúmbria e de Mércia,
antes de ser Haslam ou Borges.
No sábado lemos que Júlio César
foi o primeiro a vir de Romeburg para desvelar
    a Bretanha;
antes que voltem os racimos eu terei ouvido
a voz do rouxinol do enigma
e a elegia dos doze guerreiros
que cercam o túmulo de seu rei.
Símbolos de outros símbolos, variantes
do futuro inglês ou alemão me parecem essas palavras
que algum dia foram imagens
e que um homem usou para celebrar o mar ou uma espada;
amanhã voltarei a viver,

mañana *fyr* no será *fire* sino esa suerte
de dios domesticado y cambiante
que a nadie le está dado mirar sin un antiguo asombro.

Alabada sea la infinita
urdimbre de los efectos y de las causas
que antes de mostrarme el espejo
en que no veré a nadie o veré a otro
me concede esta pura contemplación
de un lenguaje del alba.

amanhã *fyr* não será *fire* e sim essa sorte
de deus domesticado e cambiante
que a ninguém está dado olhar sem um antigo assombro.

Louvada seja a infinita
urdidura dos efeitos e das causas
que antes de mostrar-me o espelho
em que não verei ninguém ou verei outro
concede-me essa pura contemplação
de uma linguagem da alvorada.

lucas, XXIII

Gentil o hebreo o simplemente un hombre
cuya cara en el tiempo se ha perdido;
ya no rescataremos del olvido
las silenciosas letras de su nombre.

Supo de la clemencia lo que puede
saber un bandolero que Judea
clava a una cruz. Del tiempo que antecede
nada alcanzamos hoy. En su tarea

última de morir crucificado,
oyó, entre los escarnios de la gente,
que el que estaba muriéndose a su lado
era Dios y le dijo ciegamente:

*Acuérdate de mí cuando vinieres
a tu reino*, y la voz inconcebible
que un día juzgará a todos los seres
le prometió desde la Cruz terrible

lucas, 23

Gentio, hebreu ou simplesmente um homem
cujo rosto no tempo está perdido;
já não resgataremos do olvido
as silenciosas letras de seu nome.

Da clemência ele soube o que consegue
saber um malfeitor que no lenho
crava a Judéia. Do tempo que antecede
nada sabemos hoje. Em seu empenho

último de morrer crucificado,
ouviu, por entre os escárnios da gente,
que o que estava morrendo a seu lado
era Deus, e lhe disse cegamente:

"Lembra-te de mim quando vieres
a teu reino", e a voz inconcebível
que um dia julgará todos os seres
lhe prometeu de sua Cruz terrível

el Paraíso. Nada más dijeron
hasta que vino el fin, pero la historia
no dejará que muera la memoria
de aquella tarde en que los dos murieron.

Oh amigos, la inocencia de este amigo
de Jesucristo, ese candor que hizo
que pidiera y ganara el Paraíso
desde las ignominias del castigo,

era el que tantas veces al pecado
lo arrojó y al azar ensangrentado.

o Paraíso. Nada mais disseram
até que veio o fim, mas a história
não deixará que morra a memória
daquela tarde em que os dois morreram.

Oh, amigos, a inocência desse amigo
de Jesus Cristo, o candor improviso
que o fez pedir e ter o Paraíso
a partir dos opróbrios do castigo,

era o que tantas vezes ao pecado
lançou-o e ao acaso ensangüentado.

adrogué

Nadie en la noche indescifrable tema
que yo me pierda entre las negras flores
del parque, donde tejen su sistema
propicio a los nostálgicos amores

o al ocio de las tardes, la secreta
ave que siempre un mismo canto afina,
el agua circular y la glorieta,
la vaga estatua y la dudosa ruina.

Hueca en la hueca sombra, la cochera
marca (lo sé) los trémulos confines
de este mundo de polvo y de jazmines,
grato a Verlaine y grato a Julio Herrera.

Su olor medicinal dan a la sombra
los eucaliptos: ese olor antiguo
que, más allá del tiempo y del ambiguo
lenguaje, el tiempo de las quintas nombra.

adrogué

Ninguém na noite indecifrável tema
que eu me perca em meio às negras flores
desse parque, onde tecem seu sistema
propício aos nostálgicos amores

ou ao ócio das tardes o secreto
pássaro que um só mesmo canto afina,
a água circular e o coreto,
a vaga estátua e a duvidosa ruína.

Oca na sombra oca, a cocheira
marca (sei disso) os trêmulos confins
desse mundo de pó e de jasmins,
grato a Verlaine e grato a Júlio Herrera.

À sombra concedem os eucaliptos
o olor medicinal: fragrância antiga
que, para além do tempo e da ambígua
linguagem, nomeia o tempo dos sítios.

Mi paso busca y halla el esperado
umbral. Su oscuro borde la azotea
define y en el patio ajedrezado
la canilla periódica gotea.

Duermen del otro lado de las puertas
aquellos que por obra de los sueños
son en la sombra visionaria dueños
del vasto ayer y de las cosas muertas.

Cada objeto conozco de este viejo
edificio: las láminas de mica
sobre esa piedra gris que se duplica
continuamente en el borroso espejo

y la cabeza de león que muerde
una argolla y los vidrios de colores
que revelan al niño los primores
de un mundo rojo y de otro mundo verde.

Más allá del azar y de la muerte
duran, y cada cual tiene su historia,
pero todo esto ocurre en esa suerte
de cuarta dimensión, que es la memoria.

En ella y sólo en ella están ahora
los patios y jardines. El pasado
los guarda en ese círculo vedado
que a un tiempo abarca el véspero y la aurora.

Meu passo busca e encontra o esperado
umbral. Risca o terraço sua beira
escura e no pátio axadrezado
goteja periódica a torneira.

Repousam do outro lado das portas
aqueles que em virtude de seus sonhos
são numa sombra visionária donos
do vasto ontem e das coisas mortas.

Cada objeto conheço deste velho
edifício: as lâminas de mica
sobre uma pedra gris que se duplica
continuamente no difuso espelho

E essa cabeça de leão que morde
uma argola e os vidros com suas cores
que revelam ao menino os primores
de um mundo rubro e de outro mundo verde.

Para além do acaso e da morte
duram, e cada qual tem sua história,
mas tudo isso ocorre nessa sorte
de quarta dimensão, que é a memória.

Nela e só nela se mantêm agora
os pátios e jardins. E o passado
os guarda nesse círculo vedado
que abarca a um tempo só Vésper e aurora.

¿Cómo pude perder aquel preciso
orden de humildes y queridas cosas,
inaccesibles hoy como las rosas
que dio al primer Adán el Paraíso?

El antiguo estupor de la elegía
me abruma cuando pienso en esa casa
y no comprendo cómo el tiempo pasa,
yo, que soy tiempo y sangre y agonía.

Como pude perder esse preciso
arranjo de coisas simples e amorosas,
inacessíveis hoje como as rosas
que ao primeiro Adão deu o Paraíso?

O antigo estupor de uma elegia
ao pensar nessa casa me transpassa,
e não entendo como o tempo passa,
eu, que sou tempo e sangue e agonia.

arte poética

Mirar el río hecho de tiempo y agua
y recordar que el tiempo es otro río,
saber que nos perdemos como el río
y que los rostros pasan como el agua.

Sentir que la vigilia es otro sueño
que sueña no soñar y que la muerte
que teme nuestra carne es esa muerte
de cada noche, que se llama sueño.

Ver en el día o en el año un símbolo
de los días del hombre y de sus años,
convertir el ultraje de los años
en una música, un rumor y un símbolo,

ver en la muerte el sueño, en el ocaso
un triste oro, tal es la poesía
que es inmortal y pobre. La poesía
vuelve como la aurora y el ocaso.

arte poética

Fitar o rio feito de tempo e água
e recordar que o tempo é outro rio,
saber que nos perdemos como o rio
e que os rostos passam como a água.

Sentir que a vigília é outro sonho
que sonha não sonhar e que a morte
que teme nossa carne é essa morte
de cada noite, que se chama sonho.

No dia ou no ano perceber um símbolo
dos dias de um homem e ainda de seus anos,
transformar o ultraje desses anos
em música, em rumor e em símbolo,

na morte ver o sonho, ver no ocaso
um triste ouro, tal é a poesia,
que é imortal e pobre. A poesia
retorna como a aurora e o ocaso.

A veces en las tardes una cara
nos mira desde el fondo de un espejo;
el arte debe ser como ese espejo
que nos revela nuestra propia cara.

Cuentan que Ulises, harto de prodigios,
lloró de amor al divisar su Itaca
verde y humilde. El arte es esa Itaca
de verde eternidad, no de prodigios.

También es como el río interminable
que pasa y queda y es cristal de un mismo
Heráclito inconstante, que es el mismo
y es otro, como el río interminable.

Às vezes pelas tardes certo rosto
contempla-nos do fundo de um espelho;
a arte deve ser como esse espelho
que nos revela nosso próprio rosto.

Contam que Ulisses, farto de prodígios,
chorou de amor ao divisar sua Ítaca
verde e humilde. A arte é essa Ítaca
de verde eternidade, sem prodígios.

Também é como o rio interminável
que passa e fica e é cristal de um mesmo
Heráclito inconstante, que é o mesmo
e é outro, como o rio interminável.

museu

do rigor na ciência

...Naquele Império, a Arte da Cartografia alcançou tal Perfeição que o mapa de uma única Província ocupava toda uma Cidade, e o mapa do Império, toda uma Província. Com o tempo, esses Mapas Desmesurados não foram satisfatórios e os Colégios de Cartógrafos levantaram um Mapa do Império que tinha o tamanho do Império e coincidia pontualmente com ele. Menos Afeitas ao Estudo da Cartografia, as Gerações Seguintes entenderam que esse dilatado Mapa era Inútil e não sem Impiedade o entregaram às Inclemências do Sol e dos Invernos. Nos desertos do Oeste perduram despedaçadas Ruínas do Mapa, habitadas por Animais e por Mendigos; em todo o País não há outra relíquia das Disciplinas Geográficas.

(Suárez Miranda: *Viajes de varones prudentes,* livro quarto, cap. XLV, Lérida, 1658.)

cuarteta

Murieron otros, pero ello aconteció en el pasado,
que es la estación (nadie lo ignora) más propicia a la muerte.
¿Es posible que yo, súbdito de Yaqub Almansur,
muera como tuvieron que morir las rosas y Aristóteles?

(Del *Diván de Almotásim el Magrebí*, siglo XII.)

quadra

Morreram outros, mas isso aconteceu no passado,
que é a estação (ninguém o ignora) mais propícia à morte.
É possível que eu, súdito de Yacub Almansur,
morra como tiveram de morrer as rosas e Aristóteles?

(De *Divã de Almotásim el Magrebi*, século XII.)

límites

Hay una línea de Verlaine que no volveré a recordar.
Hay una calle próxima que está vedada a mis pasos,
hay un espejo que me ha visto por última vez,
hay una puerta que he cerrado hasta el fin del mundo.
Entre los libros de mi biblioteca (estoy viéndolos)
hay alguno que ya nunca abriré.
Este verano cumpliré cincuenta años;
la muerte me desgasta, incesante.

(De *Inscripciones*, de Julio Platero Haedo, Montevideo, 1923.)

limites

Há uma linha de Verlaine que não voltarei a lembrar.
Há uma rua próxima proibida a meus passos,
há um espelho que me fitou pela última vez,
há uma porta que fechei até o fim do mundo.
Entre os livros de minha biblioteca (posso vê-los agora)
há um que não mais abrirei.
Neste verão farei cinqüenta anos;
a morte me desgasta, incessante.

(De *Inscripciones*, de Julio Platero Haedo, Montevidéu, 1923.)

el poeta declara su nombradía

El círculo del cielo mide mi gloria,
las bibliotecas del Oriente se disputan mis versos,
los emires me buscan para llenarme de oro la boca,
los ángeles ya saben de memoria mi último zéjel.
Mis instrumentos de trabajo son la humillación
y la angustia;
ojalá yo hubiera nacido muerto.

(Del *Diván de Abulcásim el Hadramí*, siglo XII.)

o poeta declara seu renome

O círculo do céu mede minha glória,
as bibliotecas do oriente disputam os meus versos,
os emires me procuram para encher-me de ouro a boca,
os anjos já sabem de memória meu último *zéjel*.
Meus instrumentos de trabalho são a humilhação
e a angústia;
quem dera eu tivesse nascido morto.

(De *Divã de Abulcásim el Hadrami*, século XII.)

el enemigo generoso

Magnus Barford, en el año 1102, emprendió la conquista general de los reinos de Irlanda; se dice que la víspera de su muerte recibió este saludo de Muirchertach, rey en Dublín:

Que en tus ejércitos militen el oro y la tempestad, Magnus Barford.
Que mañana, en los campos de mi reino, sea feliz tu batalla.
Que tus manos de rey tejan terribles la tela de la espada.
Que sean alimento del cisne rojo los que se oponen a tu espada.
Que te sacien de gloria tus muchos dioses, que te sacien de sangre.
Que seas victorioso en la aurora rey que pisas a Irlanda.
Que de tus muchos días ninguno brille como el día de mañana.
Porque ese día será el último. Te lo juro, rey Magnus.
Porque antes que se borre su luz, te venceré y te borraré, Magnus Barford.

(Del *Anhang zur Heimskringla,* de H. Gering, 1893.)

o inimigo generoso

Magnus Barfod, no ano de 1102, empreendeu a conquista geral dos reinos da Irlanda; dizem que na véspera de sua morte recebeu esta saudação de Muirchertach, rei em Dublin:

Que em teus exércitos militem o ouro e a tempestade, Magnus Barfod.
Que amanhã, nos campos de meu reino, seja feliz tua batalha.
Que tuas mãos de rei teçam terríveis a teia da espada.
Que sejam alimento do cisne rubro os que se opõem a tua espada.
Que te saciem de glória teus muitos deuses, que te saciem de sangue.
Que sejas vitorioso na aurora, rei que pisas a Irlanda.
Que de teus muitos dias nenhum brilhe como o dia de amanhã.
Porque esse dia será o último. Juro-te, rei Magnus.
Porque, antes que se apague sua luz, eu te vencerei e te apagarei, Magnus Barfod.

(De *Anhang zur Heimskringla*, de H. Gering, 1893.)

le regret d'héraclite

Yo, que tantos hombres he sido, no he sido nunca
aquel en cuyo amor desfallecía Matilde Urbach.

(Gaspar Camerarius, en *Deliciae poetarum borussiae*, VII, 16.)

le regret d'héraclite

Eu, que tantos homens fui, jamais fui
aquele em cujo abraço desfalecia Matilde Urbach.

(Gaspar Camerarius, em *Deliciae poetarum borussiae*, VII, 16.)

in memoriam j.f.k.

Essa bala é antiga.

Em 1897 disparou-a contra o presidente do Uruguai um rapaz de Montevidéu, Arredondo, que passara longo tempo sem ver ninguém, para que o soubessem sem cúmplices. Trinta anos antes, o mesmo projétil matou Lincoln, por obra criminosa ou mágica de um ator, que as palavras de Shakespeare tinham transformado em Marco Bruto, assassino de César. Em meados do século XVII, a vingança a usou para dar morte a Gustavo Adolfo da Suécia, em meio à pública hecatombe de uma batalha.

Antes, a bala foi outras coisas, porque a transmigração pitagórica não é própria apenas dos homens. Foi o cordão de seda que no oriente recebem os vizires, foi a fuzilaria e as baionetas que destroçaram os defensores do Álamo, foi a lâmina triangular que segou o pescoço de uma rainha, foi os obscuros cravos que atravessaram a carne do Redentor e o lenho da Cruz, foi o veneno que o chefe cartaginês guardava num anel de ferro, foi a serena taça que num entardecer Sócrates bebeu.

No alvorecer do tempo foi a pedra que Caim atirou em Abel e será muitas coisas que hoje nem sequer imaginamos e que poderão dar fim aos homens e a seu prodigioso e frágil destino.

epílogo

Queira Deus que a monotonia essencial desta miscelânea (*que o tempo compilou, não eu, e que admite peças pretéritas que não me atrevi a emendar, porque as escrevi com outro conceito de literatura*) *seja menos evidente que a diversidade geográfica ou histórica dos temas. De todos os livros que fiz dar à estampa, nenhum, creio, é tão pessoal quanto esta coletânea e desordenada* silva de varia lección, *precisamente porque é pródiga em reflexos e interpolações. Poucas coisas me aconteceram e muitas coisas li. Ou melhor: poucas coisas me aconteceram mais dignas de memória que o pensamento de Schopenhauer ou a música verbal da Inglaterra.*

Um homem se propõe a tarefa de desenhar o mundo. Ao longo dos anos, povoa um espaço com imagens de províncias, de reinos, de montanhas, de baías, de naus, de ilhas, de peixes, de moradas, de instrumentos, de astros, de cavalos e de pessoas. Pouco antes de morrer, descobre que esse paciente labirinto de linhas traça a imagem de seu rosto.

J. L. B.
Buenos Aires, 31 de outubro de 1960

Esta obra foi composta em Walbaum
por warrakloureiro e impressa
em ofsete pela Gráfica Bartira sobre
papel Pólen Bold da Suzano S.A.
para a Editora Schwarcz
em setembro de 2021

A marca FSC® é a garantia de que a madeira utilizada na fabricação do papel deste livro provém de florestas que foram gerenciadas de maneira ambientalmente correta, socialmente justa e economicamente viável, além de outras fontes de origem controlada.